旅遊韓語萬用手冊

韓文字是由基本母音、基本子音、複合母音、氣音和硬音所構成。

其組合方式有以下幾種：

1. 子音加母音，例如：저（我）
2. 子音加母音加子音，例如：밤（夜晚）
3. 子音加複合母音，例如：위（上）
4. 子音加複合母音加子音，例如：관（官）
5. 一個子音加母音加兩個子音，如：값（價錢）

簡易拼音使用方式：

1. 為了讓讀者更容易學習發音，本書特別使用「簡易拼音」來取代一般的羅馬拼音。
   規則如下，
   例如：
   그러면 우리 집에서 저녁을 먹자.

   geu.reo.myeon/u.ri/ji.be.seo/jeo.nyeo.geul/meok.jja
   ----------普遍拼音

   geu.ro*.myo*n/u.ri/ji.be.so*/jo*.nyo*.geul/mo*k.jja
   ------------簡易拼音

   那麼，我們在家裡吃晚餐吧！

   文字之間的空格以「/」做區隔。
   不同的句子之間以「//」做區隔。

基本母音：

	韓國拼音	簡易拼音	注音符號
ㅏ	a	a	ㄚ
ㅑ	ya	ya	ㄧㄚ
ㅓ	eo	o*	ㄛ
ㅕ	yeo	yo*	ㄧㄛ
ㅗ	o	o	ㄡ
ㅛ	yo	yo	ㄧㄡ
ㅜ	u	u	ㄨ
ㅠ	yu	yu	ㄧㄨ
ㅡ	eu	eu	(ㄜ)
ㅣ	i	i	ㄧ

特別提示：

1. 韓語母音「ㅡ」的發音和「ㄜ」發音有差異，但嘴型要拉開，牙齒快要咬住的狀態，才發得準。

2. 韓語母音「ㅓ」的嘴型比「ㅗ」還要大，整個嘴巴要張開成「大O」的形狀，
「ㅗ」的嘴型則較小，整個嘴巴縮小到只有「小o」的嘴型，類似注音「ㄡ」。

3. 韓語母音「ㅕ」的嘴型比「ㅛ」還要大，整個嘴巴要張開成「大O」的形狀，
類似注音「ㄧㄛ」，「ㅛ」的嘴型則較小，整個嘴巴縮小到只有「小o」的嘴型，類似注音「ㄧㄡ」。

基本子音：

	韓國拼音	簡易拼音	注音符號
ㄱ	g,k	k	ㄎ
ㄴ	n	n	ㄋ
ㄷ	d,t	d,t	ㄊ
ㄹ	r,l	l	ㄌ
ㅁ	m	m	ㄇ
ㅂ	b,p	p	ㄆ
ㅅ	s	s	ㄙ,(ㄒ)
ㅇ	ng	ng	不發音
ㅈ	j	j	ㄗ
ㅊ	ch	ch	ㄘ

特別提示：

1. 韓語子音「ㅅ」有時讀作「ㄙ」的音，有時則讀作「ㄒ」的音。「ㄒ」音是跟母音「ㅣ」搭在一塊時，才會出現。
2. 韓語子音「ㅇ」放在前面或上面不發音；放在下面則讀作「ng」的音，像是用鼻音發「嗯」的音。
3. 韓語子音「ㅈ」的發音和注音「ㄗ」類似，但是發音的時候更輕，氣更弱一些。

氣音：

	韓國拼音	簡易拼音	注音符號
ㅋ	k	k	ㄎ
ㅌ	t	t	ㄊ
ㅍ	p	p	ㄆ
ㅎ	h	h	ㄏ

特別提示：

1. 韓語子音「ㅋ」比「ㄱ」的較重，有用到喉頭的音，音調類似國語的四聲。
   ㅋ＝ㄱ＋ㅎ
2. 韓語子音「ㅌ」比「ㄷ」的較重，有用到喉頭的音，音調類似國語的四聲。
   ㅌ＝ㄷ＋ㅎ
3. 韓語子音「ㅍ」比「ㅂ」的較重，有用到喉頭的音，音調類似國語的四聲。
   ㅍ＝ㅂ＋ㅎ

複合母音：

	韓國拼音	簡易拼音	注音符號
ㅐ	ae	e*	ㄝ
ㅒ	yae	ye*	ㄧㄝ
ㅔ	e	e	ㄟ
ㅖ	ye	ye	ㄧㄟ
ㅘ	wa	wa	ㄨㄚ
ㅙ	wae	we*	ㄨㄝ
ㅚ	oe	we	ㄨㄟ
ㅞ	we	we	ㄨㄟ
ㅝ	wo	wo	ㄨㄛ
ㅟ	wi	wi	ㄨㄧ
ㅢ	ui	ui	ㄛㄧ

特別提示：

1. 韓語母音「ㅐ」比「ㅔ」的嘴型大，舌頭的位置比較下面，發音類似「ae」；「ㅔ」的嘴型較小，舌頭的位置在中間，發音類似「e」。不過一般韓國人讀這兩個發音都很像。

2. 韓語母音「ㅒ」比「ㅖ」的嘴型大，舌頭的位置比較下面，發音類似「yae」；「ㅖ」的嘴型較小，舌頭的位置在中間，發音類似「ye」。不過很多韓國人讀這兩個發音都很像。

3. 韓語母音「ㅚ」和「ㅞ」比「ㅙ」的嘴型小些，「ㅙ」的嘴型是圓的；「ㅚ」、「ㅞ」則是一樣的發音。不過很多韓國人讀這三個發音都很像，都是發類似「we」的音。

硬音：

	韓國拼音	簡易拼音	注音符號
ㄲ	kk	g	ㄍ
ㄸ	tt	d	ㄉ
ㅃ	pp	b	ㄅ
ㅆ	ss	ss	ㄙ
ㅉ	jj	jj	ㄗ

特別提示：

1. 韓語子音「ㅆ」比「ㅅ」用喉嚨發重音，音調類似國語的四聲。
2. 韓語子音「ㅉ」比「ㅊ」用喉嚨發重音，音調類似國語的四聲。

*表示嘴型比較大

CHAPTER 01
應用會話篇

Unit1 基礎常用語

Unit2 購物

46 ~ 사고 싶어요. 我想買~
47 ~ 있어요? 有~嗎?
48 ~ 은 / 는 없습니까? 沒有~嗎?
49 ~ 필요합니다. 我需要~
50 ~ 은 / 는 어디서 팝니까? 哪裡有賣~?
51 이것은 무슨 ~ 입니까? 這是什麼~?
52 보여 주세요. 請拿給我看
53 입어 봐도 돼요? 我可以試穿嗎?
54 너무 커요. 太大了。
55 신어 봐도 돼요? 可以試穿鞋嗎?
56 다른 색은 없어요? 沒有其他顏色嗎?
57 얼마예요? 多少錢?
58 너무 비싸요. 太貴了
59 좀 깎아주세요. 請算便宜一點

Unit3 用餐

60 ~ 좀 주세요. 請給我~
61 ~ 좀 주시겠어요? 可以給我~嗎?
62 ~ 하시겠습니까? 您要（做）~嗎?
63 ~ 못 먹어요. 不敢（能）吃~
64 ~ 을 / 를 위해서 건배! 為了~乾杯!
65 ~ 먹어 봐요. 嚐嚐看~

Unit4 旅遊

66 ~ 머무를 예정입니다. 我預計要待~
67 ~ 에서 왔어요. 我是從~來的
68 ~ 방으로 주세요. 請給我~的房間

69 ~고장났어요. ~壞掉了
70 ~을/를 부탁합니다. 麻煩您~
71 ~에 가고 싶어요. 我想去~
72 ~어디에 있어요? ~在哪裡?
73 ~몇 층에 있어요? ~在幾樓?
74 ~는 곳은 어디입니까? ~的地方在哪裡?
75 ~은/는 어느 쪽입니까? ~在哪個方向?
76 ~에서 세워 주세요. 請在~停車
77 ~지 마세요. 請不要~。
78 ~좀 가져다 주세요. 請拿~給我
79 ~주셔서 감사합니다. 謝謝您為我~
80 저는 ~고 있습니다. 我正在~
81 어떤 ~좋아하세요? 你喜歡哪種~?

CHAPTER 02
應用單字篇

Unit1 購物

Unit2 用餐

145 시다 酸
146 달다 甜
147 쓰다 苦
148 맵다 辣
149 짜다 鹹
150 싱겁다 清淡
151 맛있다 好吃
152 맛없다 難吃
153 고기 肉
154 야채 菜
155 과일 水果
156 과자 點心、餅乾
157 빵 麵包
158 술 酒
159 음료수 飲料
160 커피 咖啡
161 김치 泡菜
162 불고기 烤肉
163 먹다 吃
164 마시다 喝
165 식사하다 用餐
166 시키다 點餐
167 주문하다 點餐、訂貨
168 배고프다 肚子餓

Unit3 交通

169 버스 公車
170 자전거 腳踏車
171 택시 計程車
172 지하철 地鐵

Unit4 飯店

Unit5 首爾市區

Unit6 機場

CHAPTER 03
旅遊單字隨手查

Unit1 飲食

Unit2 逛街購物

CHAPTER 01

應用
會話篇

Unit1 基礎常用語

안녕하세요.
an.nyo*ng.ha.se.yo
你好

實用短句

● 민준 씨, 안녕하세요?
min.jun/ssi//an.nyo*ng.ha.se.yo
敏俊，你好嗎？

● 안녕하세요. 식사하셨어요?
an.nyo*ng.ha.se.yo//sik.ssa.ha.syo*.sso*.yo
你好。吃過飯了嗎？

● 안녕하세요. 출근하세요?
an.nyo*ng.ha.se.yo//chul.geun.ha.se.yo
你好，您要去上班嗎？

● 여러분 모두 다 안녕하세요.
yo*.ro*.bun/mo.du/da/an.nyo*ng.ha.se.yo
各位大家好。

你也可以這麼說

● 안녕하십니까?
an.nyo*ng.ha.sim.ni.ga
您好嗎？

● 안녕.
an.nyo*ng
你好／哈囉！

감사합니다.
gam.sa.ham.ni.da
謝謝

實用會話

- A : 구해 줘서 감사합니다.
gu.he*/jwo.so*/gam.sa.ham.ni.da.
謝謝您救了我。

- B : 아닙니다. 안 다쳐서 나행이에요.
a.nim.ni.da//an.da.cho*.so*/da.he*ng.i.e.yo
不會，您沒受傷真是萬幸。

實用短句

- 정말 감사합니다.
jo*ng.mal/gam.sa.ham.ni.da
真的謝謝您。

- 진심으로 감사합니다.
jin.si.mcu.ro/gam.sa.ham.ni.da
真心感謝您。

你也可以這麼說

- 다시 한 번 감사 드립니다.
da.si/han/bo*n/gam.sa/deu.rim.ni.da
再次感謝您。

- 고마워요.
go.ma.wo.yo
謝謝。

죄송합니다.

jwe.song.ham.ni.da

對不起

實用短句

● 아, 죄송합니다.
a//jwe.song.ham.ni.da
啊，對不起。

● 정말 죄송합니다.
jo*ng.mal//jjwe.song.ham.ni.da
真的對不起。

● 늦어서 죄송해요.
neu.jo*.so*//jwe.song.he*.yo
對不起我來晚了。

● 진심으로 죄송합니다.
jin.si.meu.ro/jwe.song.ham.ni.da
真心向您道歉。

● 시간을 빼앗아서 죄송합니다.
si.ga.neul/be*.a.sa.so*//jwe.song.ham.ni.da
抱歉佔用您的時間。

你也可以這麼說

● 미안해요.
mi.an.he*.yo
對不起。

괜찮아요 .
gwe*n.cha.na.yo
沒關係、不錯

實用短句

● 안 와도 괜찮아요 .
an/wa.do/gwe*n.cha.na.yo
不來也沒關係。

● 괜찮은 남자를 좀 소개해 줘요 .
gwe*n.cha.neun/nam.ja.reul/jjom/so.ge*.
he*/jwo.yo
介紹不錯的男生給我吧。

實用會話一

● A : 어제 실례가 많았어요 .
o*.je/sil.lye.ga/ma.na.sso*.yo
昨天失禮了。

● B : 괜찮아요 .
gwe*n.cha.na.yo
沒關係。

實用會話二

● A : 이거 먹어 봐 . 맛이 괜찮아 .
i.go*/mo*.go*/bwa//ma.si/gwe*n.cha.na
你吃看看這個，味道還不錯！

● B : 맛있네 . 어디서 샀어 ?
ma.sin.ne//o*.di.so*/sa.sso*
很好吃耶！你在哪裡買的？

안녕히 계세요 .
an.nyo*ng.hi/gye.se.yo
請留步（對留在原地的人）

實用會話一

● **A**：선생님 , 안녕히 계세요 .
so*n.se*ng.nim//an.nyo*ng.hi/gye.se.yo
老師再見。

● **B**：내일 봅시다 . 안녕히 가세요 .
ne*.il/bop.ssi.da//an.nyo*ng.hi/ga.se.yo
明天見，拜拜。

實用會話二

● **A**：다음에 다시 뵙겠습니다 .
da.eu.me/da.si/bwep.get.sseum.ni.da
下次再見。

● **B**：예 , 안녕히 계세요 . 그럼 또 만납시다 .
ye//an.nyo*ng.hi/gye.se.yo//geu.ro*m/do/
man.nap.ssi.da
好的，請留步，那我們下次再見面。

你也可以這麼說

● 또 찾아 뵙겠습니다 .
do/cha.ja/bwep.get.sseum.ni.da
我會再來拜訪您。

● 또 뵙겠습니다 .
do/bwep.get.sseum.ni.da
再見。

26

안녕히 가세요 .
an.nyo*ng.hi/ga.se.yo
請慢走（對要離開的人）

實用會話

A : 오늘 늦어서 먼저 갑니다 .
o.neul/neu.jo*.so*/mo*n.jo*/gam.ni.da
今天很晚了，我先走了。

B : 네 , 다음 주에 봅시다 . 안녕히 가세요 .
ne//da.eum/ju.e/bop.ssi.da//an.nyo*ng.hi/
ga.se.yo
好，下星期見。慢走。

你也可以這麼說

잘 가요 .
jal/ga.yo
慢走。

또 봐요 .
do/bwa.yo
再見。

다음에 봐요 .
da.eu.me/bwa.yo
下次見。

조심해 가세요 .
jo.sim.he*/ga.se.yo
小心慢走。

실례합니다.
sil.lye.ham.ni.da
打擾了

實用會話一

● A : 저, 실례합니다. 말씀 좀 묻겠습니다.
jo*.//sil.lye.ham.ni.da//mal.sseum/jom/
mut.get.sseum.ni.da
那個⋯不好意思，請問一下。

● B : 네, 말씀하세요.
ne//mal.sseum.ha.se.yo
好的，請説。

● A : 근처에 주유소가 있습니까?
geun.cho*.e/ju.yu.so.ga/it.sseum.ni.ga
這附近有加油站嗎？

實用會話二

● A : 실례합니다. 길 좀 묻겠습니다.
sil.lye.ham.ni.da//gil/jom/mut.get.sseum.
ni.da
打擾了，我想問路。

● B : 어디로 가십니까?
o*.di.ro/ga.sim.ni.ga
您要去哪裡呢？

● A : 남대문시장에 가려고 합니다.
nam.de*.mun.si.jang.e/ga.ryo*.go/ham.ni.da
我想去南大門市場。

잠깐만 기다리세요.

jam.gan.man/gi.da.ri.se.yo

請稍等

實用會話

● A : 불고기비빔밥 하나 주세요.
bul.go.gi.bi.bim.bap/ha.na/ju.se.yo
請給我一份烤肉拌飯。

● B : 네, 잠깐만 기다리세요.
ne//jam.gan.man/gi.da.ri.se.yo
好,請稍等。

實用短句

● 잠시만 기다려요.
jam.si.man/gi.da.ryo*.yo
請稍等。

● 잠시만요.
jam.si.ma.nyo
請等一下。

● 잠깐 기다려 주세요. 금방 돌아올게요.
jam.gan/gi.da.ryo*/ju.se.yo//geum.bang/
do.ra.ol.ge.yo
請稍等。我馬上回來。

你也可以這麼回答

● 네, 기다릴게요.
ne//gi.da.ril.ge.yo
好的,我等你。

예 / 네 .
ye/ne
對 / 好

實用會話一

A : 영화표는 여기서 삽니까 ?
yo*ng.hwa.pyo.neun/yo*.gi.so*/sam.ni.ga
電影票是在這裡買嗎 ?

B : 예 , 무슨 영화를 보시겠어요 ?
ye//mu.seun/yo*ng.hwa.reul/bo.si.ge.sso*.
yo
對 , 您要看什麼電影呢 ?

實用會話二

A : 공연 시간은 오후 한 시입니까 ?
gong.yo*n/si.ga.neun/o.hu/han/si.im.ni.ga
表演時間是下午一點嗎 ?

B : 네 , 맞습니다 .
ne//mat.sseum.ni.da
對 , 沒錯 。

實用會話三

A : 차 한 잔 드릴까요 ?
cha/han/jan/deu.ril.ga.yo
要給您一杯茶嗎 ?

B : 네 , 고마워요 .
ne//go.ma.wo.yo
好 , 謝謝 。

아니요.
a.ni.yo
不是／不對

實用會話一

A : 미연 씨도 같이 가요 ?
mi.yo*n/ssi.do/ga.chi/ga.yo
美妍你也要一起去嗎 ?

B : 아니요 , 저는 안 가요 .
a.ni.yo//jo*.neun/an/ga.yo
不，我不去。

實用會話二

A : 한국분이십니까 ?
han.guk.bu.ni.sim.ni.ga
您是韓國人嗎 ?

B : 아니요 . 일본 사람입니다 .
a.ni.yo//il.bon/sa.ra.mim.ni.da
不，我是日本人。

實用會話三

A : 아침을 먹었어요 ?
a.chi.meul/mo*.go*.sso*.yo
您吃早飯了嗎 ?

B : 아니요 , 아직 못 먹었어요 .
a.ni.yo//a.jik/mot/mo*.go*.sso*.yo
不，我還沒吃。

좋아요.
jo.a.yo
好／可以

實用會話一

● A : 같이 한국 여행 갈까요 ?
ga.chi/han.guk/yo*.he*ng/gal.ga.yo
要不要一起去韓國旅行？

● B : 좋아요 . 같이 가요 .
jo.a.yo//ga.chi/ga.yo
好，一起去吧。

實用會話二

● A : 날씨가 좋은데 소풍을 갈까요 ?
nal.ssi.ga/jo.eun.de/so.pung.eul/gal.ga.yo
天氣不錯，我們去郊遊好嗎？

● B : 좋아요 . 내가 김밥을 만들게요 .
jo.a.yo//ne*.ga/gim.ba.beul/man.deul.ge.yo
好啊！我來做紫菜飯捲。

實用會話三

● A : 이 가방 하루만 빌려 줘도 돼 ?
i/ga.bang/ha.ru.man/bil.lyo*/jwo.do/dwe*
我可以借這個包包一天嗎？

● B : 좋아 . 가져 가 .
jo.a//ga.jo*/ga
好，你拿走吧。

안 돼요 .
an/dwe*.yo
不行

實用會話

A : 롯데월드에 가고 싶어요 . 내일 가요 .
rot.de.wol.deu.e/ga.go/si.po*.yo//ne*.il/ga.
yo
我想去樂天世界，明天去吧。

B : 안 돼요 . 내일 명동에 가야 해요 .
an/dwe*.yo//ne*.il/myo*ng.dong.e/ga.ya/
he*.yo
不行，明天要去明洞。

你也可以這麼說

안 됩니다 .
an/dwem.ni.da
不行。（較正式的説法）

싫어요 .
si.ro*.yo
我不要。

그럴 수 없습니다 .
geu.ro*l/su/o*p.sseum.ni.da
不可以那樣。

알겠습니다.

al.get.sseum.ni.da

我知道了

實用會話一

● **A : 내일 아침 7 시에 깨워 주세요.**
ne*.il/a.chim/il.gop.ssi.e/ge*.wo/ju.se.yo
請你明天早上七點叫我起床。

● **B : 네, 알겠습니다.**
ne//al.get.sseum.ni.da
好的，我知道了。

實用會話二

● **A : 설탕을 빼고 커피 한 잔 주세요.**
so*l.tang.eul/be*.go/ko*.pi/han/jan/ju.se.yo
請給我一杯咖啡，不要加糖。

● **B : 알겠습니다.**
al.get.sseum.ni.da
好的。

實用會話三

● **A : 다시 한 번 확인하세요.**
da.si/han/bo*n/hwa.gin.ha.se.yo
請你再確認一次。

● **A : 네, 알겠습니다.**
ne//al.get.sseum.ni.da
好，我明白了。

모르겠습니다 .
mo.reu.get.sseum.ni.da
我不知道

實用會話

A : 서울대학교에 어떻게 가요 ?
so*.ul.de*.hak.gyo.e/o*.do*.ke/ga.yo
請問首爾大學怎麼去？

B : 미안해요 . 저도 모르겠습니다 .
mi.an.he*.yo/jo*.do/mo.reu.get.sseum.ni.
da
對不起，我也不知道。

實用短句

선생님 , 저는 모르겠습니다 .
so*n.se*ng.nim//jo*.neun/mo.reu.get.
sseum.ni.da
老師，我不知道。

잘 모르겠어요 .
jal/mo.reu.ge.sso*.yo
我不清楚。

你也可以這麼説

몰라요 .
mol.la.yo
不知道。

누구
nu.gu

誰

實用短句

● 누구세요 ?
nu.gu.se.yo
您是哪位 ?

● 누구를 찾으세요 ?
nu.gu.reul/cha.jeu.se.yo
您要找誰 ?

實用會話一

● A : 누구를 사랑해요 ?
nu.gu.reul/ssa.rang.he*.yo
你愛誰呢 ?

● B : 우리 엄마를 사랑해요 .
u.ri/o*m.ma.reul/ssa.rang.he*.yo
我愛我媽媽。

實用會話二

● A : 그 아이는 누구예요 ?
geu/a.i.neun/nu.gu.ye.yo
那個孩子是誰 ?

● B : 그 아이는 김 여사님의 손녀예요 .
geu/a.i.neun/gim/yo*.sa.ni.mui/son.nyo*.
ye.yo
那個孩子是金女士的孫女。

언제
o*n.je
什麼時候

實用會話一

● A：언제 공항까지 가야 해요？
o*n.je/gong.hang.ga.ji/ga.ya/he*.yo
什麼時候要到機場呢？

● B：아침 8 시 전에 가야 해요．
a.chim/yo*.do*p.ssi/jo*.ne/ga.ya/he*.yo
早上八點前要到機場。

實用會話二

● A：언제 고향에 돌아가요？
o*n.je/go.hyang.e/do.ra.ga.yo
你什麼時候回故鄉？

● B：내년에 고향에 돌아가요．
ne*.nyo*.ne/go.hyang.e/do.ra.ga.yo
我明年回故鄉。

實用會話三

● A：언제 결혼해요？
o*n.je/gyo*l.hon.he*.yo
你什麼時候結婚？

● B：나는 결혼 안 해요．
na.neun/gyo*l.hon/an/he*.yo
我不結婚。

몇 시예요 ?
myo*t/si.ye.yo
幾點 ?

實用會話一

● A : 지금 몇 시예요 ?
ji.geum/myo*t/si.ye.yo
現在幾點 ?

● B : 저녁 다섯 시예요 .
jo*.nyo*k/da.so*t/si.ye.yo
傍晚五點。

實用會話二

● A : 영화는 몇 시에 시작해요 ?
yo*ng.hwa.neun/myo*t/si.e/si.ja.ke*.yo
電影幾點開始 ?

● B : 오후 네 시반에 시작해요 .
o.hu/ne/si.ba.ne/si.ja.ke*.yo
下午四點半開始。

實用會話三

● A : 지금 세 시예요 ?
ji.geum/se/si.ye.yo
現在三點嗎 ?

● B : 아니요 . 지금 두 시 삼십분이에요 .
a.ni.yo//ji.geum/du/si/sam.sip.bu.ni.e.yo
不，現在是兩點三十分。

조심하세요 .
jo.sim.ha.se.yo
請小心

實用短句

머리 조심하세요 .
mo*.ri/jo.sim.ha.se.yo
小心碰頭。

조심히 하세요 .
jo.sim.hi/ha.se.yo
注意安全。

몸 조심하세요 .
mom/jo.sim.ha.se.yo
注意健康。

감기 조심하세요 .
gam.gi/jo.sim.ha.se.yo
小心感冒。

實用會話

A : 조심해 가세요 .
jo.sim.he*/ga.se.yo
請慢走。

B : 저 또 와도 돼죠 ?
jo*/do/wa.do/dwe*.jyo
我可以再來吧？

빨리요 .
bal.li.yo
快點

實用短句

- 아주머니 , 빨리 빨리요 .
  a.ju.mo*.ni//bal.li/bal.li.yo
  阿姨，快點快點。

- 아저씨 , 빨리 가 주세요 .
  a.jo*.ssi//bal.li/ga/ju.se.yo
  大叔，請開快一點。

- 빨리 드세요 .
  bal.li/deu.se.yo
  快點吃。（對需要尊敬的對象）

- 빨리 먹어요 .
  bal.li/mo*.go*.yo
  快點吃。

你也可以這麼說

- 어서요 .
  o*.so*.yo
  快點。

- 얼른요 .
  o*l.leu.nyo
  快點。

앉으세요 .
an.jeu.se.yo
請坐

實用會話

● A : 어머님 , 여기에 앉으세요 .
o*.mo*.nim//yo*.gi.e/an.jeu.se.yo
媽媽，請您坐這裡。

● B : 그래 . 고마워 .
geu.re*//go.ma.wo
好，謝謝。

實用短句

● 여기에 앉으세요 .
yo*.gi.e/an.jeu.se.yo
請坐在這裡。

● 좀 앉으세요 .
jom/an.jeu.se.yo
請稍坐一會。

● 의자에 앉아요 .
ui.ja.e/an.ja.yo
坐在椅子上吧。

● 어서 앉으세요 .
o*.so*/an.jeu.se.yo
快請坐。

부탁해요 .
bu.ta.ke*.yo
拜託了

實用會話

A : 도와 주세요 . 부탁해요 .
do.wa/ju.se.yo//bu.ta.ke*.yo
幫幫我，拜託了。

B : 어떻게 도와 드릴까요 ?
o*.do*.ke/do.wa/deu.ril.ga.yo
要怎麼幫您呢 ?

實用短句

앞으로 잘 부탁드립니다 .
a.peu.ro/jal/bu.tak.deu.rim.ni.da
以後就拜託您了。

이것 좀 부탁해요 .
i.go*t/jom/bu.ta.ke*.yo
這個麻煩你了。

모닝콜을 부탁합니다 .
mo.ning.ko.reul/bu.ta.kam.ni.da
我想麻煩您叫我起床。

부탁할 게 있어요 .
bu.ta.kal/ge/i.sso*.yo
我有事拜託您。

도와 주세요 .
do.wa/ju.se.yo
請幫忙

實用會話

A : 도와주셔서 감사합니다 .
do.wa.ju.syo*.so*/gam.sa.ham.ni.da
謝謝你的幫忙。

B : 별 말씀을요 .
byo*l/mal.sseu.meu.ryo
不客氣。

實用短句

좀 도와줄 수 있어요 ?
jom/do.wa.jul/su/i.sso*.yo
你可以幫助我嗎 ?

도와 주시겠어요 ?
do.wa/ju.si.ge.sso*.yo
您可以幫忙我嗎 ?

제발 도와주세요 .
je.bal/do.wa.ju.se.yo
求您幫幫我。

你也可以這麼說

도움이 필요합니다 .
do.u.mi/pi.ryo.ham.ni.da
我需要幫助。

43

다시 한 번 말씀해 주세요 .

da.si/han/bo*n/mal.sseum.he*/ju.se.yo

請你再説一遍

實用短句

● 다시 말씀해 주시겠어요 ?
da.si/mal.sseum.he*/ju.si.ge.sso*.yo
可以請你再説一遍嗎 ?

● 다시 말해요 .
da.si/mal.he*.yo
你再説一次 。

你也可以這麼説

● 다시 한 번 설명해 주세요 .
da.si/han/bo*n/so*l.myo*ng.he*/ju.se.yo
請再説明一遍 。

● 천천히 말씀해 주세요 .
cho*n.cho*n.hi/mal.sseum.he*/ju.se.yo
請您慢慢説 。

● 저희에게 말씀해 주세요 .
jo*.hi.e.ge/mal.sseum.he*/ju.se.yo
請您告訴我們 。

● 좀 더 크게 말씀해 주세요 .
jom/do*/keu.ge/mal.sseum.he*/ju.se.yo
請您説大聲一點 。

중국어를 하실 수 있어요 ?

jung.gu.go*.reul/ha.sil/su/i.sso*.yo

你會說中文嗎 ?

實用會話

A : 여기에 중국어를 아는 분이 있습니까 ?
yo*.gi.e/jung.gu.go*.reul/a.neun/bu.ni/it.
sseum.ni.ga
這裡有會說中文的人嗎 ?

B : 있습니다 . 잠시만요 .
it.sseum.ni.da//jam.si.ma.nyo
有，請您稍等。

實用短句

중국어로 말씀해 주세요 .
jung.gu.go*.ro/mal.sseum.he*/ju.se.yo
請說中文。

중국어를 할 줄 아십니까 ?
jung.gu.go*.reul/hal/jjul/a.sim.ni.ga
您會說中文嗎 ?

你也可以這麼說

저는 한국어를 모릅니다 .
jo*.neun/han.gu.go*.reul/mo.reum.ni.da
我不會說韓語。

영어로 말씀해 주시겠어요 ?
yo*ng.o*.ro/mal.sseum.he*/ju.si.ge.sso*.yo
可以請你用英文說嗎 ?

Unit2 購物

~ 사고 싶어요.
sa.go/si.po*.yo
我想買~

實用會話

● **A**: 어서 오세요. 뭘 찾으세요?
o*.so*/o.se.yo//mwol/cha.jeu.se.yo
歡迎光臨，您要找什麼？

● **B**: 치마를 좀 사고 싶어요.
chi.ma.reul/jjom/sa.go/si.po*.yo
我想買裙子。

● **A**: 긴 치마예요? 짧은 치마예요?
gin/chi.ma.ye.yo//jjal.beun/chi.ma.ye.yo
長裙還是短裙呢？

● **B**: 긴 치마예요.
gin/chi.ma.ye.yo
長裙。

實用短句

● 목도리를 사고 싶습니다.
mok.do.ri.reul/ssa.go/sip.sseum.ni.da
我想買圍巾。

● 외투 하나 사고 싶어요.
we.tu/ha.na/sa.go/si.po*.yo
我想買一件外套。

~있어요?
i.sso*.yo

有~嗎?

實用會話

● A : 저기요, 소금 있어요?
jo*.gi.yo//so.geum/i.sso*.yo
服務生,有鹽嗎?

● B : 있습니다. 가져다 드릴게요.
it.sseum.ni.da//ga.jo*.da/deu.ril.ge.yo
有,我拿給您。

實用短句

● 작은 사이즈 있어요?
ja.geun/sa.i.jeu/i.sso*.yo
有小的尺寸嗎?

● 순두부찌개 있습니까?
sun.du.bu.jji.ge*/it.sseum.ni.ga
有嫩豆腐鍋嗎?

● 여기 머리핀 있어요?
yo*.gi/mo*.ri.pin/i.sso*.yo
這裡有髮夾嗎?

你可以這麼回答

● 죄송해요. 그건 없습니다.
jwe.song.he*.yo//geu.go*n/o*p.sseum.ni.da
對不起,沒有那個。

~은 / 는 없습니까 ?

eun/neun/o*p.sseum.ni.ga

沒有~嗎 ?

實用會話

● A : 이 운동화 한 켤레에 얼마예요 ?
i/un.dong.hwa/han/kyo*l.le.e/o*l.ma.ye.yo
這個運動鞋一雙多少錢 ?

● B : 사만팔천원입니다 .
sa.man.pal.cho*.nwo.nim.ni.da
四萬八千韓圜。

● A : 할인은 없습니까 ?
ha.ri.neun/o*p.sseum.ni.ga
沒有打折嗎 ?

實用短句

● 샘플은 없습니까 ?
se*m.peu.reun/o*p.sseum.ni.ga
沒有樣品嗎 ?

● 검은색은 없어요 ?
go*.meun.se*.geun/o*p.sso*.yo
沒有黑色嗎 ?

● 다른 방법은 없습니까 ?
da.reun/bang.bo*.beun/o*p.sseum.ni.ga
沒有其他方法嗎 ?

～필요합니다．
pi.ryo.ham.ni.da
我需要～

實用會話

- A：지도가 필요합니다．
ji.do.ga/pi.ryo.ham.ni.da
我需要地圖。

- B：무슨 지도로 드릴까요？
mu.seun/ji.do.ro/deu.ril.ga.yo
要給您什麼地圖呢？

實用短句

- 의사가 필요합니다．
ui.sa.ga/pi.ryo.ham.ni.da
我需要醫生。

- 멀미약이 필요합니다．
mo*l.mi.ya.gi/pi.ryo.ham.ni.da
我需要暈車藥。

- 무엇이 필요합니까？
mu.o*.si/pi.ryo.ham.ni.ga
需要什麼嗎？

- 처방전이 필요합니까？
cho*.bang.jo*.ni/pi.ryo.ham.ni.ga
需要處方籤嗎？

~은 / 는 어디서 팝니까 ?
eun/neun/o*.di.so*/pam.ni.ga

哪裡有賣~ ?

實用會話

● A : 비가 오는데 우산은 어디서 팝니까 ?
bi.ga/o.neun.de/u.sa.neun/o*.di.so*/pam.
ni.ga
下雨了，哪裡有賣雨傘？

● B : 편의점에서 살 수 있습니다 .
pyo*.nui.jo*.me.so*/sal/ssu/it.sseum.ni.da
可以在便利商店買得到。

實用短句

● 인형은 어디서 팝니까 ?
in.hyo*ng.eun/o*.di.so*/pam.ni.ga
娃娃哪裡有在賣？

● 이런 물건은 어디서 팝니까 ?
i.ro*n/mul.go*.neun/o*.di.so*/pam.ni.ga
這種物品哪裡有在賣？

● 반지는 어디서 팝니까 ?
ban.ji.neun/o*.di.so*/pam.ni.ga
戒指哪裡有在賣？

● 표는 어디서 팝니까 ?
pyo.neun/o*.di.so*/pam.ni.ga
票哪裡有在賣？

이것은 무슨 ~입니까?
i.go*.seun/mu.seun/im.ni.ga
這是什麼 ~？

實用會話

● A : 이것은 무슨 책입니까?
i.go*.seun/mu.seun/che*.gim.ni.ga
這是什麼書？

● B : 한국 여행책입니다.
han.guk/yo*.he*ng.che*.gim.ni.da
是韓國旅遊書。

實用短句

● 이것은 무슨 물건입니까?
i.go*.seun/mu.seun/mul.go*.nim.ni.ga
這是什麼物品？

● 이것은 무슨 상황입니까?
i.go*.seun/mu.seun/sang.hwang.im.ni.ga
這是什麼狀況？

● 이것은 무슨 뜻입니까?
i.go*.seun/mu.seun/deu.sim.ni.ga
這是什麼意思？

● 이것은 무슨 꽃입니까?
i.go*.seun/mu.seun/go.chim.ni.ga
這是什麼花？

보여 주세요.

bo.yo*/ju.se.yo

請拿給我看

實用會話

A : 도와 드릴까요?
do.wa/deu.ril.ga.yo
需要幫忙嗎?

B : 그걸 좀 보여 주세요.
geu.go*l/jom/bo.yo*/ju.se.yo
請給我看看那個。

A : 여기 있습니다.
yo*.gi/it.sseum.ni.da
在這裡。

B : 마음에 들어요. 얼마예요?
ma.eu.me/deu.ro*.yo//o*l.ma.ye.yo
我很喜歡,多少錢?

實用短句

저 옷을 좀 보여 주세요.
jo*.o.seul/jjom/bo.yo*/ju.se.yo
請給我看看那件衣服。

你也可以這麼說

이걸 잠깐 볼 수 있을까요?
i.go*l/jam.gan/bol/su/i.sseul.ga.yo
這個可以給我看一下嗎?

입어 봐도 돼요 ?

i.bo*/bwa.do/dwe*.yo

我可以試穿嗎 ?

實用會話

A : 이 청바지는 어떨까요 ?
i/cho*ng.ba.ji.neun/o*.do*l.ga.yo
這件牛仔褲怎麼樣 ?

B : 입어 봐도 돼요 ?
i.bo*/bwa.do/dwe*.yo
我可以試穿嗎 ?

A : 그럼요 . 저쪽에서 입어 보세요 .
geu.ro*.myo//jo*.jjo.ge.so*/i.bo*/bo.se.yo
當然可以，請在那邊試穿。

B : 좀 작아요 . 조금 큰 것으로 주세요 .
jom/ja.ga.yo//jo.geum/keun/go*.seu.ro/ju.
se.yo
有點小，請給我大一點的。

實用短句

한 번 입어봐도 될까요 ?
han/bo*n/i.bo*.bwa.do/dwel.ga.yo
我可以試穿看看嗎 ?

你也可以這麼說

거울이 어디 있어요 ?
go*.u.ri/o*.di/i.sso*.yo
請問鏡子在哪裡 ?

너무 커요.

no*.mu/ko*.yo

太大了。

實用會話

● A : 어떠세요 ? 잘 맞습니까 ?
o*.do*.se.yo//jal/mat.sseum.ni.ga
怎麼樣？剛好嗎？

● B : 너무 커요 . 더 작은 사이즈 없어요 ?
no*.mu/ko*.yo//do*/ja.geun/sa.i.jeu/o*p.
sso*.yo
太大了，沒有再小一點的尺寸嗎？

● A : 죄송합니다 . 그건 제일 작은 사이즈예요 .
jwe.song.ham.ni.da//geu.go*n/je.il/ja.geun/
sa.i.jeu.ye.yo
對不起，那是最小的尺寸。

● B : 그럼 다른 걸로 보여 주세요 .
geu.ro*m/da.reun/go*l.lo/bo.yo*/ju.se.yo
那請您拿別的給我看看。

你也可以這麼說

● 좀 작아요 .
jom/ja.ga.yo
有點小。

● 딱 맞습니다 .
dak/mat.sseum.ni.da
剛剛好。

신어 봐도 돼요?

si.no*/bwa.do/dwe*.yo

可以試穿鞋嗎?

實用會話

● A : 저 구두 좀 보여 주세요.
jo*/gu.du/jom/bo.yo*/ju.se.yo
請給我看看那雙皮鞋。

● B : 여기 있습니다.
yo*.gi/it.sseum.ni.da
在這裡。

● A : 신어 봐도 되죠?
si.no*/bwa.do/dwe.jyo
可以試穿吧?

● B : 네, 사이즈가 어떻게 되시죠?
ne//sa.i.jeu.ga/o*.do*.ke/dwe.si.jyo
可以,您穿幾號呢?

你也可以這麼說

● 좀 걸어다녀 봐도 되겠어요?
jom/go*.ro*.da.nyo*/bwa.do/dwe.ge.sso*.yo
我可以走走看嗎?

● 제가 한 번 신어 볼게요.
je.ga/han/bo*n/si.no*/bol.ge.yo
我來穿穿看。

다른 색은 없어요 ?

da.reun/se*.geun/o*p.sso*.yo

沒有其他顏色嗎 ?

實用會話

A : 이 색상 말고 다른 색은 없어요 ?
i/se*k.ssang/mal.go/da.reun/se*.geun/o*p. sso*.yo
不要這個顏色，沒有別的顏色嗎？

B : 파란색하고 초록색이 있어요 .
pa.ran.se*.ka.go/cho.rok.sse*.gi/i.sso*.yo
有藍色和綠色。

A : 흰색은 없어요 ?
hin.se*.geun/o*p.sso*.yo
沒有白色嗎？

B : 없습니다 .
o*p.sseum.ni.da
沒有。

你也可以這麼說

다른 색상 있어요 ?
da.reun/se*k.ssang/i.sso*.yo
有其他顏色嗎？

이것으로 노란색이 있어요 ?
i.go*.seu.ro/no.ran.se*.gi/i.sso*.yo
這個有黃色的嗎？

얼마예요?
o*l.ma.ye.yo
多少錢?

實用會話

A : 어서 오세요.
o*.so*/o.se.yo
歡迎光臨。

B : 귀걸이가 예쁘네요. 인니, 이거
얼마예요?
gwi.go*.ri.ga/ye.beu.ne.yo//o*n.ni//i.go*/
o*l.ma.ye.yo
耳環很美呢！姊，這個多少錢？

A : 오천원입니다.
o.cho*.nwo.nim.ni.da
五千韓圜。

B : 그럼 이걸로 주세요.
geu.ro*m/i.go*l.lo/ju.se.yo
那我要買這個。

你也可以這麼說

이것은 얼마입니까?
i.go*.seun/o*l.ma.im.ni.ga
這個多少錢？

이거 얼마죠?
i.go*/o*l.ma.jyo
這個多少錢？

너무 비싸요.

no*.mu/bi.ssa.yo

太貴了

實用會話

● A : 이 옷이 얼마예요?
i/o.si/o*l.ma.ye.yo
這件衣服多少錢?

● B : 한 벌에 오만원입니다.
han/bo*.re/o.ma.nwo.nim.ni.da
一件五萬韓圜。

● A : 너무 비싸요.
no*.mu/bi.ssa.yo
太貴了。

● B : 그럼 사만오천원에 드릴게요.
geu.ro*m/sa.ma.no.cho*.nwo.ne/deu.ril.ge.
yo
那算你四萬五千圜。

你也可以這麼說

● 좀 비싸네요.
jom/bi.ssa.ne.yo
有點貴呢!

● 생각보다 비싸군요.
se*ng.gak.bo.da/bi.ssa.gu.nyo
比我想的要貴呢!

좀 깎아주세요.
jom/ga.ga.ju.se.yo
請算便宜一點

實用會話

A : 모두 얼마예요?
mo.du/o*l.ma.ye.yo
總共多少錢?

B : 십만원입니나.
sim.ma.nwo.nim.ni.da
十萬韓圜。

A : 이렇게 많이 샀으니 좀 깎아 주세요.
i.ro*.ke/ma.ni/sa.sseu.ni/jom/ga.ga/ju.se.
yo
我買這麼多,請算便宜一點。

B : 구만오천원에 드릴게요. 자주 오세요.
gu.ma.no.cho*.nwo.ne/deu.ril.ge.yo//ja.ju/
o.se.yo
那算您九萬五千韓圜。您要常來喔!

你也可以這麼說

좀 싸게 해 주세요.
jom/ssa.ge/he*/ju.se.yo
請算便宜一點。

좀 더 싸게 주실 수 없어요?
jom/do*/ssa.ge/ju.sil/su/o*p.sso*.yo
不能再算便宜一點嗎?

Unit3 用餐

～ 좀 주세요 .

jom/ju.se.yo

請給我～

實用會話

● A : 먹을 거 좀 줘요 .
mo*.geul/go*/jom/jwo.yo
給我一點吃的東西。

● B : 라면 먹을래요 ?
ra.myo*n/mo*.geul.le*.yo
你要吃泡麵嗎？

實用短句

● 물 좀 주세요 .
mul/jom/ju.se.yo
請給我水。

● 돈 좀 주세요 .
don/jom/ju.se.yo
請給我錢。

● 휴지 좀 주세요 .
hyu.ji/jom/ju.se.yo
請給我衛生紙。

● 영수증 좀 주세요 .
yo*ng.su.jeung/jom/ju.se.yo
請給我收據。

～좀 주시겠어요 ?
jom/ju.si.ge.sso*.yo

可以給我～嗎 ?

實用會話

A : 젓가락 하나 더 주시겠어요 ?
jo*t.ga.rak/ha.na/do*/ju.si.ge.sso*.yo
可以再給我一雙筷子嗎 ?

B : 여기 있습니다 .
yo*.gi/it.sseum.ni.da
在這裡。

實用短句

물수건 좀 주시겠어요 ?
mul.su.go*n/jom/ju.si.ge.sso*.yo
可以給我濕巾嗎 ?

영수증 좀 주시겠어요 ?
yo*ng.su.jeung/jom/ju.si.ge.sso*.yo
可以給我收據嗎 ?

종이봉투 좀 주시겠어요 ?
jong.i.bong.tu/jom/ju.si.ge.sso*.yo
可以給我紙袋嗎 ?

마실 것 좀 주시겠어요 ?
ma.sil/go*t/jom/ju.si.ge.sso*.yo
可以給我喝的嗎 ?

～하시겠습니까?

ha.si.get.sseum.ni.ga

您要（做）～嗎？

實用會話

● A : 커피 한 잔 드시겠어요?
ko*.pi/han/jan/deu.si.ge.sso*.yo
您要喝杯咖啡嗎?

● B : 네, 한 잔 주세요.
ne//han/jan/ju.se.yo
好的,請給我一杯。

實用短句

● 술 한 잔 하시겠습니까?
sul/han/jan/ha.si.get.sseum.ni.ga
您要喝杯酒嗎?

● 어떻게 하시겠습니까?
o*.do*.ke/ha.si.get.sseum.ni.ga
您要怎麼做?

● 무엇을 하시겠습니까?
mu.o*.seul/ha.si.get.sseum.ni.ga
您要做什麼?

● 투표 안 하시겠습니까?
tu.pyo/an/ha.si.get.sseum.ni.ga
您不投票嗎?

~못 먹어요.

mot/mo*.go*.yo

不敢（能）吃~

實用會話

A : 소고기도 먹죠?
so.go.gi.do/mo*k.jjyo
你也會吃牛肉吧？

B : 아니요. 소고기는 못 먹어요.
a.ni.yo//so.go.gi.neun/mot/mo*.go*.yo
不，我不能吃牛肉。

實用短句

저는 라면을 못 먹습니다.
jo*.neun/ra.myo*.neul/mot/mo*k.sseum.ni.
da
我不能吃泡麵。

저는 생선을 못 먹습니다.
jo*.neun/se*ng.so*.neul/mot/mo*k.sseum.
ni.da
我不能吃魚。

나는 매운 음식을 못 먹어요.
na.neun/me*.un/eum.si.gcul/mot/mo*.go^.
yo
我不能吃辣的食物。

나는 와사비를 못 먹어요.
na.neun/wa.sa.bi.reul/mot/mo*.go*.yo
我不敢吃哇沙米。

~을 / 를 위해서 건배 !

eul/reul/wi.he*.so*/go*n.be*

為了~乾杯！

實用會話

● A : 자 , 우리 건배합시다 .
ja//u.ri/go*n.be*.hap.ssi.da
來，我們來乾杯吧！

● B : 모두의 건강을 위해서 건배 !
mo.du.ui/go*n.gang.eul/wi.he*.so*/go*n.be*
為了大家的健康乾杯！

實用短句

● 우리의 승리를 위해서 건배 !
u.ri.ui/seung.ni.reul/wi.he*.so*/go*n.be*
為了我們的勝利乾杯！

● 여러분의 성공을 위해서 건배 !
yo*.ro*.bu.nui/so*ng.gong.eul/wi.he*.so*/
go*n.be*
為了各位的成功乾杯！

你也可以這麼說

● 우리 나라를 위하여 건배 !
u.ri/na.ra.reul/wi.ha.yo*/go*n.be*
為了我們國家乾杯！

● 우리의 우정을 위하여 건배 !
u.ri.ui/u.jo*ng.eul/wi.ha.yo*/go*n.be*
為了我們的友情乾杯！

~먹어 봐요.
mo*.go*/bwa.yo
嚐嚐看~

實用會話

- A : 이 콩나물국 좀 드셔 보세요.
  i/kong.na.mul.guk/jom/deu.syo*/bo.se.yo
  您嚐嚐看這碗黃豆芽湯。

- B : 고마워요. 맛있어요.
  go.ma.wo.yo//ma.si.sso*.yo
  謝謝,很好吃。

實用短句

- 이거 먹어 봐.
  i.go*/mo*.go*/bwa
  這個你嚐嚐看。(對朋友、晚輩)

- 이거 드셔 보세요.
  i.go*/deu.syo*/bo.se.yo
  您嚐嚐看這個。(對長輩)

你可以這麼回答

- 정말 맛있어요.
  jo*ng.mal/ma.si.sso*.yo
  真的很好吃。

Unit4 旅遊

~머무를 예정입니다.
mo*.mu.reul/ye.jo*ng.im.ni.da
我預計要待~

實用短句

● 일년정도 머무를 예정입니다.
il.lyo*n.jo*ng.do/mo*.mu.reul/ye.jo*ng.im.ni.
da
我預計要待一年。

● 육개월정도 머무를 예정입니다.
yuk.ge*.wol.jo*ng.do/mo*.mu.reul/ye.jo*ng.
im.ni.da
我預計要待六個月左右。

● 삼사일정도 머무를 예정입니다.
sam.sa.il.jo*ng.do/mo*.mu.reul/ye.jo*ng.
im.ni.da
我預計要待3,4天左右。

● 7일 동안 머무를 예정입니다.
chi.ril/dong.an/mo*.mu.reul/ye.jo*ng.im.ni.
da
我預計要待七天。

● 3개월 이상 머무를 예정입니다.
sam.ge*.wol/i.sang/mo*.mu.reul/ye.jo*ng.
im.ni.da
我預計要待三個月以上。

~ 에서 왔어요.

e.so*.wa.sso*.yo

我是從~來的

實用會話一

- A : 어디에서 왔어요?
  o*.di.e.so*.wa.sso*.yo
  您從哪裡來的?

- B : 대만에서 왔어요.
  de*.ma.ne.so*/wa.sso*.yo
  我從台灣來的。

實用會話二

- A : 한국에서 오셨어요?
  han.gu.ge.so*/o.syo*.sso*.yo
  您從韓國來的嗎?

- B : 아니요, 중국에서 왔어요.
  a.ni.yo//jung.gu.ge.so*/wa.sso*.yo
  不,我從中國來的。

實用短句

- 일본에서 왔어요.
  il.bo.nc.so*/wa.sso*.yo
  我從日本來的。

- 호텔에서 왔습니다.
  ho.te.re.so*/wat.sseum.ni.da
  我從飯店來的。

~방으로 주세요.

bang.eu.ro/ju.se.yo

請給我~的房間

實用會話

A : 어떤 방으로 드릴까요?
o*.do*n/bang.eu.ro/deu.ril.ga.yo
要給您什麼樣的房間?

B : 넓고 밝은 방으로 주세요.
no*p.go/bal.geun/bang.eu.ro/ju.se.yo
請給我寬敞又明亮的房間。

實用短句

전망이 좋은 방으로 주세요.
jo*n.mang.i/jo.eun/bang.eu.ro/ju.se.yo
請給我景觀好的房間。

위쪽에 있는 방으로 주세요.
wi.jjo.ge/in.neun/bang.eu.ro/ju.se.yo
請給我樓上的房間。

값이 싼 방으로 주세요.
gap.ssi/ssan/bang.eu.ro/ju.se.yo
請給我價格便宜的房間。

햇볕이 잘 드는 방으로 주세요.
he*t.byo*.chi/jal/deu.neun/bang.eu.ro/ju.
se.yo
請給我陽光充足的房間。

～고장났어요 .
go.jang.na.sso*.yo
～壞掉了

實用會話

A : 여기는 210 호실입니다 . 에어컨이
고장난 것 같아요 .
yo*.gi.neun/i.be*k.ssi.po.si.rim.ni.da//e.o*.
ko*.ni/go.jang.nan/go*t/ga.ta.yo
這裡是 210 號房，冷氣好像壞掉了。

B : 죄송합니다 . 바로 사람을 보내
드리겠습니다 .
jwe.song.ham.ni.da//ba.ro/sa.ra.meul/bo.
ne*/deu.ri.get.sseum.ni.da
對不起，我馬上派人過去。

實用短句

신호등이 고장났어요 .
sin.ho.deung.i/go.jang.na.sso*.yo
紅綠燈壞掉了。

핸드폰이 고장났어요 .
he*n.deu.po.ni/go.jang.na.sso*.yo
手機壞掉了。

컴퓨터가 고장났어요 .
ko*m.pyu.to*.ga/go.jang.na.sso*.yo
電腦壞掉了。

~을 / 를 부탁합니다.
eul/reul/bu.ta.kam.ni.da
麻煩您~

實用短句

- 룸 서비스를 부탁합니다.
  rum/so*.bi.seu.reul/bu.ta.kam.ni.da
  我想叫客房服務。

- 방 하나를 부탁합니다.
  bang/ha.na.reul/bu.ta.kam.ni.da
  麻煩您給我一間房間。

- 안내를 부탁합니다.
  an.ne*.reul/bu.ta.kam.ni.da
  麻煩您為我帶路。

- 해석을 부탁합니다.
  he*.so*.geul/bu.ta.kam.ni.da
  麻煩您幫我解釋。

- 사인 좀 부탁합니다.
  sa.in/jom/bu.ta.kam.ni.da
  麻煩您幫我簽名。

- 안내책자 부탁합니다.
  an.ne*.che*k.jja/bu.ta.kam.ni.da
  麻煩給我導覽手冊。

~ 에 가고 싶어요 .

e/ga.go/si.po*.yo

我想去~

実用會話

● A : 어디에 가고 싶어요 ?
o*.di.e/ga.go/si.po*.yo
你想去哪裡 ?

● B : 바다에 가고 싶어요 .
ba.da.e/ga.go/si.po*.yo
我想去海邊。

実用短句

● 한국에 가고 싶어요 .
han.gu.ge/ga.go/si.po*.yo
我想去韓國。

● 서울에 가고 싶어요 .
so*.u.re/ga.go/si.po*.yo
我想去首爾。

● 집에 가고 싶어요 .
ji.be/ga.go/si.po*.yo
我想回家。

● 화장실에 가고 싶습니다 .
hwa.jang.si.re/ga.go/sip.sseum.ni.da
我想去廁所。

～어디에 있어요 ?
o*.di.e/i.sso*.yo
～在哪裡 ?

實用會話

A : 매표소가 어디에 있어요 ?
me*.pyo.so.ga/o*.di.e/i.sso*.yo
售票處在哪裡 ?

B : 매표소는 입구 우측에 있어요 .
me*.pyo.so.neun/ip.gu/u.cheu.ge/i.sso*.yo
售票處在入口右側。

實用短句

계산대가 어디에 있어요 ?
gye.san.de*.ga/o*.di.e/i.sso*.yo
收銀台在哪裡 ?

제 자리가 어디에 있습니까 ?
je/ja.ri.ga/o*.di.e/it.sseum.ni.ga
我的位子在哪裡 ?

버스 타는 곳이 어디에 있어요 ?
bo*.seu/ta.neun/go.si/o*.di.e/i.sso*.yo
搭公車的地方在哪裡 ?

你可以這麼回答

아래 층에 있습니다 .
a.re*/cheung.e/it.sseum.ni.da
在樓下。

～몇 층에 있어요 ?
myo*t/cheung.e/i.sso*.yo
～在幾樓 ?

實用會話

A : 여성복은 몇 층에 있습니까 ?
yo*.so*ng.bo.geun/myo*t/cheung.e/it.
sseum.ni.ga
女性服飾在幾樓 ?

B : 삼 층에 있습니다 .
sam/cheung.e/it.sseum.ni.da
在三樓。

A : 수영복 매장도 삼 층에 있습니까 ?
su.yo*ng.bok/me*.jang.do/sam/cheung.e/it.
sseum.ni.ga
泳衣賣場也在三樓嗎 ?

B : 아닙니다 . 수영복 매장은 오층에
있습니다 .
a.nim.ni.da//su.yo*ng.bok/me*.jang.eun/o.
cheung.e/it.sseum.ni.da
不，泳衣賣場在五樓。

實用短句

여자 화장실이 몇 층에 있습니까 ?
yo*.ja/hwa.jang.si.ri/myo*t/cheung.e/it.
sseum.ni.ga
女生廁所在幾樓 ?

~는 곳은 어디입니까 ?
neun/go.seun/o*.di.im.ni.ga
~ 的地方在哪裡 ?

實用會話

● A : 과일을 파는 곳은 어디입니까 ?
gwa.i.reul/pa.neun/go.seun/o*.di.im.ni.ga
賣水果的地方在哪裡 ?

● B : 호스텔 근처에 마트가 있습니다 . 거기서
과일들을 팝니다 .
ho.seu.tel/geun.cho*.e/ma.teu.ga/it.sseum.
ni.da//go*.gi.so*/gwa.il.deu.reul/pam.ni.da
青年旅館附近有超市。那裡有賣水果。

實用短句

● 한국어를 배울 수 있는 곳은 어디입니까 ?
han.gu.go*.reul/be*.ul/su/in.neun/go.
seun/o*.di.im.ni.ga
可以學習韓國語的地方在哪裡 ?

● 옷 입어보는 곳은 어디입니까 ?
ot/i.bo*.bo.neun/go.seun/o*.di.im.ni.ga
試穿衣服的地方在哪裡 ?

● 일하는 곳은 어디입니까 ?
il.ha.neun/go.seun/o*.di.im.ni.ga
你工作的地方在哪裡 ?

~은 / 는 어느 쪽입니까 ?

eun/neun/o*.neu/jjo.gim.ni.ga

~在哪個方向 ?

實用會話

A : 5 번 출구는 어느 쪽입니까 ?

o.bo*n/chul.gu.neun/o*.neu/jjo.gim.ni.ga

五號出口在哪個方向 ?

B : 지도 5 번출구로 가요 . 같이 갑시다 .

jo*.do/o.bo*n.chul.gu.ro/ga.yo//ga.chi/gap.
ssi.da

我也要往五號出口，我們一起去吧。

實用短句

기차역은 어느 쪽입니까 ?

gi.cha.yo*.geun/o*.neu/jjo.gim.ni.ga

火車站在哪個方向 ?

학교는 어느 쪽입니까 ?

hak.gyo.neun/o*.neu/jjo.gim.ni.ga

學校在哪個方向 ?

미술관으로 가는 길은 어느 쪽입니까 ?

mi.sul.gwa.neu.ro/ga.neun/gi.reun/o*.neu/
jjo.gim.ni.ga

去美術館的路是哪個方向 ?

전자제품매장은 어느 쪽입니까 ?

jo*n.ja.je.pum.me*.jang.eun/o*.neu/jjo.gim.
ni.ga

電子產品賣場在哪一邊 ?

~에서 세워 주세요.

e.so*/se.wo/ju.se.yo

請在~停車

實用會話

● A：저 편의점에서 세워 주세요.
jo*/pyo*.nui.jo*.me.so*/se.wo/ju.se.yo
請您在那個便利商店停車。

● B：예, 알겠습니다.
ye//al.get.sseum.ni.da
好的。

實用短句

● 여기에서 세워 주세요.
yo*.gi.e.so*/se.wo/ju.se.yo.
請在這裡停車。

● 학교 앞에서 세워 주세요.
hak.gyo/a.pe.so*/se.wo/ju.se.yo
請在學校前面停車。

● 일번 출구에서 세워 주세요.
il.bo*n/chul.gu.e.so*/se.wo/ju.se.yo
請在一號出口停車。

● 저 모퉁이에서 세워 주세요.
jo*/mo.tung.i.e.so*/se.wo/ju.se.yo
請在那個轉角停車。

~지 마세요.

ji/ma.se.yo

請不要~。

實用會話

A : 여기서 담배를 피우지 마세요.
yo*.gi.so*/dam.be*.reul/pi.u.ji/ma.se.yo
請不要在這裡抽菸。

B : 아, 죄송합니다.
a//jwe.song.ham.ni.da
啊,對不起。

實用短句

먹지 마세요.
mo*k.jji/ma.se.yo
不要吃。

가지 마세요.
ga.ji/ma.se.yo
不要去。

잔디 위에서 걷지 마세요.
jan.di/wi.e.so*/go*t.jji/ma.se.yo
請勿在草皮上走動。

큰 소리 치지 마세요.
keun/so.ri/chi.ji/ma.se.yo
請不要大聲喊叫。

~좀 가져다 주세요.

jom/ga.jo*.da/ju.se.yo

請拿~給我

實用會話

● A : 신문을 좀 가져다 주세요.
sin.mu.neul/jjom/ga.jo*.da/ju.se.yo
請拿報紙給我。

● B : 영자 신문으로 드릴까요?
yo*ng.ja/sin.mu.neu.ro/deu.ril.ga.yo
要給您英文版的報紙嗎?

實用短句

● 의자를 좀 가져다 주세요.
ui.ja.reul/jjom/ga.jo*.da/ju.se.yo.
請拿椅子給我。

● 휴지를 좀 가져다 주세요.
hyu.ji.reul/jjom/ga.jo*.da/ju.se.yo
請拿衛生紙給我。

● 물을 좀 가져다 주세요.
mu.reul/jjom/ga.jo*.da.ju.se.yo
請拿水給我。

● 내일 아침 8 시에 아침식사 좀 가져다 주세요.
ne*.il/a.chim/yo*.do*p.ssi.e/a.chim.sik.ssa/
jom/ga.jo*.da/ju.se.yo
明天早上八點請拿早餐給我。

～주셔서 감사합니다 .

ju.syo*.so*/gam.sa.ham.ni.da

謝謝您為我～

實用短句

- 기회를 주셔서 너무 감사합니다 .
  gi.hwe.reul/jju.syo*.so*/no*.mu/gam.sa.
  ham.ni.da
  謝謝你給我機會。

- 선물을 보내 주셔서 감사합니다 .
  so*n.mu.reul/bo.ne*/ju.syo*.so*/gam.sa.
  ham.ni.da
  謝謝你送禮物給我。

- 응원해 주셔서 너무 감사합니다 .
  eung.won.he*/ju.syo*.so*/no*.mu/gam.sa.
  ham.ni.da
  謝謝您為我加油。

- 와 주셔서 감사합니다 .
  wa/ju.syo*.so*/gam.sa.ham.ni.da
  謝謝您能來。

- 도와 주셔서 감사합니다 .
  do.wa/ju.syo*.so*/gam.sa.ham.ni.da
  謝謝您幫助我。

- 시간을 내 주셔서 감사합니다 .
  si.ga.neul/ne*/ju.syo*.so*/gam.sa.ham.ni.da
  謝謝您撥時間給我。

저는 ~고 있습니다.

jo*.neun/go/it.sseum.ni.da

我正在~。

實用會話一

A : 어디에서 살고 있습니까?
o*.di.e.so*/sal.go/it.sseum.ni.ga
你住在哪裡?

B : 저는 강남 아파트에서 살고 있습니다.
jo*.neun/gang.nam/a.pa.teu.e.so*/sal.go/it.
sseum.ni.da
我住在江南的公寓。

實用會話二

A : 무엇을 하고 있어요?
mu.o*.seul/ha.go/i.sso*.yo
你在做什麼?

B : 나는 서점에서 책을 사고 있어요.
na.neun/so*.jo*.me.so*/che*.geul/ssa.go/i.
sso*.yo
我在書局買書。

實用短句

저는 한국어 공부를 하고 있습니다.
jo*.neun/han.gu.go*/gong.bu.reul/ha.go/it.
sseum.ni.da
我正在念韓國語。

어떤 ～좋아하세요 ?

o*.do*n/jo.a.ha.se.yo

你喜歡哪種～ ?

實用會話

● A : 어떤 영화를 좋아하세요 ?
o*.do*n/yo*ng.hwa.reul/jjo.a.ha.se.yo
你喜歡哪種電影 ?

● B : 엑션영화랑 공포영화를 좋아해요 .
e*k.ssyo*.nyo*ng.hwa.rang/gong.po.yo*ng.
hwa.reul/jjo.a.he*.yo
我喜歡看動作片和恐怖片。

實用短句

● 어떤 음악을 좋아하세요 ?
o*.do*n/eu.ma.geul/jjo.a.ha.se.yo
你喜歡哪種音樂 ?

● 어떤 연예인을 좋아하세요 ?
o*.do*n/yo*.nye.i.neul/jjo.a.ha.se.yo
你喜歡哪種藝人 ?

● 어떤 노래를 좋아하세요 ?
o*.do*n/no.re*.reul/jjo.a.ha.se.yo
你喜歡哪種歌曲 ?

● 어떤 곳을 좋아하세요 ?
o*.do*n/go.seul/jjo.a.ha.se.yo
你喜歡什麼樣的地方 ?

Unit5 交友

이름이 뭐예요?
i.reu.mi/mwo.ye.yo
你叫什麼名字?

實用會話一

A : 이름이 뭐예요?
i.reu.mi/mwo.ye.yo
你叫什麼名字?

B : 나는 진미영이에요.
na.neun/jin.mi.yo*ng.i.e.yo
我是陳美英。

實用會話二

A : 이름이 무엇입니까?
i.reu.mi/mu.o*.sim.ni.ga
你叫什麼名字?

B : 제 이름은 김민지입니다.
je/i.reu.meun/gim.min.ji.im.ni.da
我的名字是金旼志。

你也可以這麼説

성함이 어떻게 되세요?
so*ng.ha.mi/o*.do*.ke/dwe.se.yo
請問您貴姓大名?

처음 뵙겠습니다 .

cho*.eum/bwep.get.sseum.ni.da

初次見面

實用會話

A : 처음 뵙겠습니다 . 저는 장나라입니다 .
cho*.eum/bwep.get.sseum.ni.da//jo*.neun/
jang.na.ra.im.ni.da
初次見面，我是張娜拉。

B : 만나서 반갑습니다 .
man.na.so*/ban.gap.sseum.ni.da
很高興認識你。

實用短句

안녕하세요 . 처음 뵙겠습니다 .
an.nyo*ng.ha.se.yo//cho*.eum/bwep.get.
sseum.ni.da
你好，初次見面。

제 명함입니다 .
je/myo*ng.ha.mim.ni.da
這是我的名片。

你可以這麼回答

저도 반갑습니다 .
jo*.do/ban.gap.sseum.ni.da
我也很高興。

나이가 어떻게 돼요 ?

na.i.ga/o*.do*.ke/dwe*.yo

你幾歲 ?

實用會話一

A : 나이가 어떻게 돼요 ?
na.i.ga/o*.do*.ke/dwe*.yo
你幾歲 ?

B : 저는 스물한 살이에요 .
jo*.neun/seu.mul.han/sa.ri.e.yo
我二十一歲。

實用會話二

A : 연세가 어떻게 되세요 ?
yo*n.se.ga/o*.do*.ke/dwe.se.yo
請問您今年貴庚 ?

B : 나는 예순아홉이야 .
na.neun/ye.su.na.ho.bi.ya
我 69 歲。

實用會話三

A : 너 몇 살이야 ?
no*/myo*t/sa.ri.ya
你幾歲 ?

B : 저는 열다섯 살이에요 .
jo*.neun/yo*l.da.so*t/sa.ri.e.yo
我十五歲。

전화번호가 뭐예요 ?
jo*n.hwa.bo*n.ho.ga/mwo.ye.yo
電話號碼是多少 ?

實用會話

A : 전화번호가 뭐예요 ?
jo*n.hwa.bo*n.ho.ga/mwo.ye.yo
電話號碼是多少 ?

B : 제 전화번호는 816-123-5678 이에요 .
je/jo*n.hwa.bo*n.ho.neun/pa.ri.ryu.ge/i.ri.
sa.me/o.yuk.chil.pa.ri.e.yo
我的電話號碼是 816-123-5678。

實用短句

호텔 전화번호가 뭐예요 ?
ho.tel/jo*n.hwa.bo*n.ho.ga/mwo.ye.yo
飯店的電話號碼是多少 ?

你也可以這麼說

전화번호가 몇 번이에요 ?
jo*n.hwa.bo*n.ho.ga/myo*t/bo*.ni.e.yo
電話號碼是幾號 ?

전화번호 좀 알려주세요 .
jo*n.hwa.bo*n.ho/jom/al.lyo*.ju.se.yo
請告訴我電話號碼。

연락해 주세요.

yo*l.la.ke*/ju.se.yo

請聯絡我。

實用會話

A : 계속 연락하고 지냅시다.

gye.sok/yo*l.la.ka.go/ji.ne*p.ssi.da

我們保持聯絡吧。

B : 네, 다음에 기회가 되면 또 봅시다.

ne//da.eu.me/gi.hwe.ga/dwe.myo*n/do/
bop.ssi.da

好,下次有機會再見面吧。

實用短句

다시 연락 드리겠습니다.

da.si/yo*l.lak/deu.ri.get.sseum.ni.da

我會再聯絡您。

다시는 나한테 연락하지 마.

da.si.neun/na.han.te/yo*l.la.ka.ji/ma

不要再跟我聯絡了。

곧 연락해 주세요.

got/yo*l.la.ke*/ju.se.yo

請立刻聯絡我。

빨리 연락 좀 해 줘. 기다릴게.

bal.li/yo*l.lak/jom/he*/jwo//gi.da.ril.ge

快跟我聯絡,我等你。

취미가 뭐예요 ?

chwi.mi.ga/mwo.ye.yo

你的興趣是什麼？

實用會話

● A : 취미가 뭐예요 ?
chwi.mi.ga/mwo.ye.yo
你的興趣是什麼？

● B : 내 취미는 쇼핑이에요 .
ne*/chwi.mi.neun/syo.ping.i.e.yo
我的興趣是購物。

你可以這麼回答

● 저는 수영하는 걸 좋아해요 .
jo*.neun/su.yo*ng.ha.neun/go*l/jo.a.he*.yo
我喜歡游泳。

● 제 취미는 여행입니다 .
je/chwi.mi.neun/yo*.he*ng.im.ni.da
我的興趣是旅行。

● 나는 특별한 취미는 없어요 .
na.neun/teuk.byo*l.han/chwi.mi.neun/o*p.
sso*.yo
我沒有特別的興趣。

● 영화나 드라마를 보는 걸 좋아합니다 .
yo*ng.hwa.na/deu.ra.ma.reul/bo.neun/go*l/
jo.a.ham.ni.da
我喜歡看電影或連續劇。

종교가 뭐예요?
jong.gyo.ga/mwo.ye.yo
你信什麼宗教？

實用會話

● A : 종교가 뭐예요?
jong.gyo.ga/mwo.ye.yo
你信什麼宗教？

● B : 나는 기독교를 믿어요.
na.neun/gi.dok.gyo.reul/mi.do*.yo
我信基督教。

● B : 영미 씨는요?
yo*ng.mi/ssi.neu.nyo
英美你呢？

● A : 저는 기독교도 아니고, 불교도 아니고,
무신론자입니다.
jo*.neun/gi.dok.gyo.do/a.ni.go//bul.gyo.do/
a.ni.go//mu.sil.lon.ja.im.ni.da
我不是基督教，也不是佛教，我是無神論者。

你可以這麼回答

● 저는 불교를 믿어요.
jo*.neun/bul.gyo.reul/mi.do*.yo
我信佛教。

● 나는 예수를 안 믿어요.
na.neun/ye.su.reul/an/mi.do*.yo
我不信耶穌。

한국어를 배워요 .

han.gu.go*.reul/be*.wo.yo

學韓國語

實用會話

A : 나는 한국어를 배우고 있어요 .
na.neun/han.gu.go*.reul/be*.u.go/i.sso*.yo
我正在學習韓國語。

B : 한국어를 배운 지 얼마나 됐어요 ?
han.gu.go*.reul/be*.un/ji/o*l.ma.na/dwe*.
sso*.yo
你學韓國語有多久了？

A : 일년쯤 됐는데 아직 초급이에요 .
il.lyo*n.jjeum/dwe*n.neun/de/a.jik/cho.geu.
bi.e.yo
有一年左右了，但還只是初級。

B : 내가 한국어를 가르쳐 줄까요 ?
ne*.ga/han.gu.go*.reul/ga.reu.cho*/jul.ga.yo
要不要我教你韓語？

A : 정말요 ? 잘 부탁해요 .
jo*ng.ma.ryo//jal/bu.ta.ke*.yo
真的嗎？麻煩你了。

你也可以這麼説

한국말을 잘 못해요 .
han.gung.ma.reul/jjal/mo.te*.yo
我不太會講韓國話。

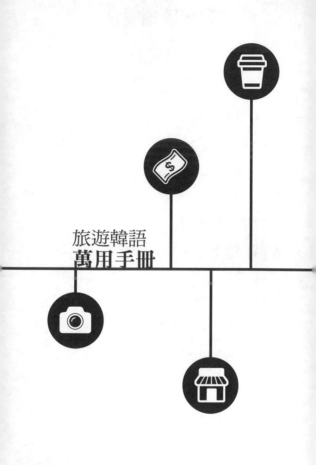

旅遊韓語
萬用手冊

CHAPTER 02

應用
單字篇

Unit1 購物

백화점
be*.kwa.jo*m
百貨公司

例句

● 백화점이 어디에 있어요 ?
be*.kwa.jo*.mi/o*.di.e/i.sso*.yo
百貨公司在哪裡？

● 백화점에 가고 싶어요 .
be*.kwa.jo*.me/ga.go/si.po*.yo
我想去百貨公司。

● 쇼핑하러 백화점에 갔어요 .
syo.ping.ha.ro*/be*.kwa.jo*.me/ga.sso*.yo
去百貨公司購物了。

● 백화점 안에 식당이 있습니다 .
be*.kwa.jo*m/a.ne/sik.dang.i/it.sseum.ni.da
百貨公司裡面有餐館。

● 슈퍼마켓은 백화점 지하 이층에 있어요 .
syu.po*.ma.ke.seun/be*.kwa.jo*m/ji.ha.i.
cheung.e/i.sso*.yo
超市在百貨公司地下二樓。

相關單字

쇼핑몰　syo.ping.mol　購物中心
면세점　myo*n.se.jo*m　免稅店

92

매장
me*.jang
賣場

例句

- 나 지금 옷매장에 있어요 .
  na/ji.geum/on.me*.jang.e/i.sso*.yo
  我現在在服飾賣場。

- 가전제품 매장이 어디예요 ?
  ga.jo*n.je.pum/me*.jang.i/o*.di.ye.yo
  家電賣場在哪裡？

- 이거 매장에서만 파는 거예요 ?
  i.go*/me*.jang.e.so*.man/pa.neun/go*.ye.yo
  這個只有在賣場有賣嗎？

- 이 근처에 운동용품 매장이 있어요 ?
  i/geun.cho*.e/un.dong.yong.pum/me*.jang.
  i/i.sso*.yo
  這附近有運動用品賣場嗎？

- 매장에서 모피코트를 샀어요 .
  me*.jang.e.so*/mo.pi.ko.teu.reul/ssa.sso*.yo
  我在賣場買了毛皮大衣。

相關單字

중고 매장　jung.go/me*.jang　二手賣場
한복 매장　han.bok/me*.jang　韓服賣場

가게
ga.ge
商店

例句

● 선물 가게에 가요.
so*n.mul/ga.ge.e/ga.yo
去禮物店。

● 여기는 장난감 가게입니다.
yo*.gi.neun/jang.nan.gam/ga.ge.im.ni.da
這裡是玩具店。

● 여기 옷을 파는 가게들이 있습니다.
yo*.gi/o.seul/pa.neun/ga.ge.deu.ri/it.
sseum.ni.da
這裡有賣衣服的店家。

● 이 가게는 몇 시까지 문을 열어요?
i/ga.ge.neun/myo*t/si.ga.ji/mu.neul/yo*.
ro*.yo
這家店營業到幾點？

● 나 도시락 가게에서 아르바이트를 해요.
na/do.si.rak/ga.ge.e.so*/a.reu.ba.i.teu.reul/
he*.yo
我在便當店打工。

相關單字

도매가게 do.me*.ga.ge 批發店
쌀가게 ssal.ga.ge 米店

서점
so*.jo*m
書局

例句

- 친구가 서점에 가요 .
  chin.gu.ga/so*.jo*.me/ga.yo
  朋友去書局。

- 시점은 옷가게 옆에 있어요 .
  so*.jo*.meun/ot.ga.ge/yo*.pe/i.sso*.yo
  書局在服飾店旁邊。

- 서점에서 책을 사요 .
  so*.jo*.me.so*/che*.geul/ssa.yo
  在書局買書。

- 저는 서점에서 아르바이트를 합니다 .
  jo*.neun/so*.jo*.me.so*/a.reu.ba.i.teu.reul/
  ham.ni.da
  我在書局打工。

- 서점에서 대학 선배를 만났어요 .
  so*.jo*.me.so*/de*.hak/so*n.be*.reul/man.
  na.sso*.yo
  我在書局遇到了大學學長。

相關單字

책　che*k　書
문구　mun.gu　文具

마트
ma.teu
超市

例句

● 집 근처에 마트가 있어요 .
jip/geun.cho*.e/ma.teu.ga/i.sso*.yo
家裡附近有超市。

● 마트에서 우비도 파나요 ?
ma.teu.e.so*/u.bi.do/pa.na.yo
超市也有賣雨具嗎 ?

● 마트에 여러가지 과자들이 있어요 .
ma.teu.e/yo*.ro*.ga.ji/gwa.ja.deu.ri/i.sso*.yo
超市有各式各樣的餅乾。

● 마트 아저씨가 참 재미있으세요 .
ma.teu/a.jo*.ssi.ga/cham/je*.mi.i.sseu.se.yo
超市大叔真風趣。

● 마트에서 돼지고기하고 사과를 샀어요 .
ma.teu.e.so*/dwe*.ji.go.gi.ha.go/sa.gwa.
reul/ssa.sso*.yo
在超市買了豬肉和蘋果。

相關單字

슈퍼마켓　syu.po*.ma.ket　超級市場
롯데마트　rot.de.ma.teu　樂天超市

점원
jo*.mwon
店員

例句

- 저는 편의점 점원입니다 .
  jo*.neun/pyo*.nui.jo*m/jo*.mwo.nim.ni.da
  我是便利商店的店員。

- 점원의 태도가 너무 불쾌하네요 .
  jo*.mwo.nui/te*.do.ga/no*.mu/bul.kwe*.ha.
  ne.yo
  店員的態度太令人不愉快了。

- 여자 점원이 너무 예뻐요 .
  yo*.ja/jo*.mwo.ni/no*.mu/ye.bo*.yo
  女店員很漂亮。

- 점원들은 다 어디에 있어요 ?
  jo*.mwon.deu.reun/da/o*.di.e/i.sso*.yo
  店員們都在哪裡？

- 저는 여기의 점원이었어요 .
  jo*.neun/yo*.gi.ui/jo*.mwo.ni.o*.sso*.yo
  我以前是這裡的店員。

相關單字

직원 ji.gwon 職員
스태프 seu.te*.peu 工作人員

비싸다
bi.ssa.da
貴

例句

● 너무 비쌉니다 .
no*.mu/bi.ssam.ni.da
太貴了。

● 안 비싸요 .
an/bi.ssa.yo
不貴。

● 비싸면 안 사요 .
bi.ssa.myo*n/an/sa.yo
如果貴就不買。

● 좀 비싸네요 .
jom/bi.ssa.ne.yo
有點貴呢！

● 어제 비싼 옷을 샀어요 .
o*.je/bi.ssan/o.seul/ssa.sso*.yo
昨天買了貴的衣服。

相關單字

귀중하다　gwi.jung.ha.da　貴重
값이 높다　gap.ssi/nop.da　價格高

싸다
ssa.da
便宜

例句

- 아주 쌉니다 .
  a.ju/ssam.ni.da
  很便宜。

- 안 싸요 .
  an/ssa.yo
  不便宜。

- 싸면 많이 살게요 .
  ssa.myo*n/ma.ni/sal.ge.yo
  如果便宜，我就多買一點。

- 싼 것만 샀어요 .
  ssan/go*n.man/sa.sso*.yo
  只買了便宜的。

- 좀 더 싸게 해 주실래요 ?
  jom/do*/ssa.ge/he*/ju.sil.le*.yo
  可以再算便宜一點嗎？

相關單字

헐하다　ho*l.ha.da　便宜
저렴하다　jo*.ryo*m.ha.da　低廉

옷
ot
衣服

例句

- 더러운 옷을 벗어요 .
  do*.ro*.un/o.seul/bo*.so*.yo
  脫髒衣服。

- 새옷을 사고 싶어요 .
  se*.o.seul/ssa.go/si.po*.yo
  我想買新衣服。

- 그런 옷을 입지 마세요 .
  geu.ro*n/o.seul/ip.jji/ma.se.yo
  別穿那種衣服。

- 예쁜 옷을 샀습니다 .
  ye.beun/o.seul/ssat.sseum.ni.da
  買了漂亮的衣服。

- 옷가게가 많아요 .
  ot.ga.ge.ga/ma.na.yo
  服飾店很多。

相關單字

여성복　yo*.so*ng.bok　女裝
남성복　nam.so*ng.bok　男裝

바지
ba.ji
褲子

例句

반바지를 사고 싶어요 .
ban.ba.ji.reul/ssa.go/si.po*.yo
我想買短褲。

이 바지는 어니서 샀어요 ?
i/ba.ji.neun/o*.di.so*/sa.sso*.yo
這褲子在哪裡買的 ?

더워서 긴바지 못 입어요 .
do*.wo.so*/gin.ba.ji/mot/i.bo*.yo
天氣熱，穿不了長褲。

바지통 좀 수선해 주세요 .
ba.ji.tong/jom/su.so*n.he*/ju.se.yo
請幫我修改褲管。

청바지를 입고 학교에 가요 .
cho*ng.ba.ji.reul/ip.go/hak.gyo.e/ga.yo
穿牛仔褲去上學。

相關單字

솜바지 som.ba.ji 綿褲
양복 바지 yang.bok/ba.ji 西裝褲

신발
sin.bal
鞋子

例句

- 신발을 신어요 .
  sin.ba.reul/ssi.no*.yo
  穿鞋子。

- 신발을 벗어요 .
  sin.ba.reul/bo*.so*.yo
  脫鞋子。

- 신발 가게가 어디에 있어요 ?
  sin.bal/ga.ge.ga/o*.di.e/i.sso*.yo
  鞋店在哪裡？

- 신발 한 켤레 샀어요 .
  sin.bal/han/kyo*l.le/sa.sso*.yo
  買了一雙鞋子。

- 이 신발이 딱 맞습니다 .
  i/sin.ba.ri/dak/mat.sseum.ni.da
  這雙鞋剛剛好。

相關單字

구두　gu.du　皮鞋
샌들　se*n.deul　涼鞋

사이즈
sa.i.jeu
尺寸

例句

- 사이즈가 어떻게 돼요 ?
  sa.i.jeu.ga/o*.do*.ke/dwe*.yo
  您穿幾號呢 ?

- 큰 사이즈로 주세요 .
  keun/sa.i.jeu.ro/ju.se.yo
  請給我大的尺寸。

- 작은 사이즈로 주세요 .
  ja.geun/sa.i.jeu.ro/ju.se.yo
  請給我小的尺寸。

- 이 사이즈로 다른 걸 보여 주세요 .
  i/sa.i.jeu.ro/da.reun/go*l/bo.yo*/ju.se.yo
  請拿其他這個尺寸的給我看看。

- 이것은 프리 사이즈입니다 .
  i.go*.seun/peu.ri/sa.i.jeu.im.ni.da
  這是 Free-Size。

相關單字

치수 chi.su 尺寸
크기 keu.gi 大小

색
se*k
顏色

例句

- 다양한 색이 있습니다 .
  da.yang.han/se*.gi/it.sseum.ni.da
  有各種顏色。

- 진한 색이 좋아요 .
  jin.han/se*.gi/jo.a.yo
  我喜歡深色。

- 이런 색을 안 좋아해요 .
  i.ro*n/se*.geul/an/jo.a.he*.yo
  不喜歡這種顏色。

- 분홍색으로 주세요 .
  bun.hong.se*.geu.ro/ju.se.yo
  請給我粉紅色。

- 다른 색이 있어요 ?
  da.reun/se*.gi/i.sso*.yo
  有其他顏色嗎？

相關單字

색깔　se*k.gal　顏色
색상　se*k.ssang　色相、顏色

유행
yu.he*ng
流行

例句

- 유행하는 헤어스타일 .
  yu.he*ng.ha.neun/he.o*.seu.ta.il
  流行的髮型。

- 이게 요즘 유헹하는 상품입니다 .
  i.ge/yo.jeum/yu.he*ng.ha.neun/sang.pu.
  mim.ni.da
  這是最近流行的商品。

- 이것은 지금 유행하는 패션입니다 .
  i.go*.seun/ji.geum/yu.he*ng.ha.neun/pe*.
  syo*.nim.ni.da
  這是現在流行的時裝。

- 유행성 감기에 걸렸어요 .
  yu.hc*ng.so*ng/gam.gi.e/go*l.lyo*.sso*.yo
  得到流行性感冒。

- 이건 유행이 지난 옷이에요 .
  i.go*n/yu.he*ng.i/ji.nan/o.si.e.yo
  這是退流行的衣服。

相關單字

패션 pe*.syo*n 時裝
디자인 di.ja.in 設計

스타일
seu.ta.il
樣式、風格

例句

● 어떤 스타일이 좋아요 ?
o*.do*n/seu.ta.i.ri/jo.a.yo
你喜歡哪種風格 ?

● 이런 스타일은 마음에 들어요 .
i.ro*n/seu.ta.i.reun/ma.eu.me/deu.ro*.yo
這種樣式我很喜歡。

● 헤어스타일을 바꾸고 싶어요 .
he.o*.seu.ta.i.reul/ba.gu.go/si.po*.yo
我想換髮型。

● 요즘 무슨 스타일 옷이 유행이에요 ?
yo.jeum/mu.seun/seu.ta.il/o.si/yu.he*ng.i.
e.yo
最近流行什麼風格的衣服呢 ?

● 유럽의 건축 스타일이 좋습니다 .
yu.ro*.bui/go*n.chuk/seu.ta.i.ri/jo.sseum.
ni.da
我喜歡歐洲的建築風格。

相關單字

양식　yang.sik　樣式、型式
헤어스타일　he.o*.seu.ta.il　髮型

화장품
hwa.jang.pum
化妝品

例句

친구가 화장품 가게에 들어갔어요 .
chin.gu.ga/hwa.jang.pum/ga.ge.e/deu.ro*.
ga.sso*.yo
朋友進去化妝品店了。

면세점에서 화장품을 많이 샀습니다 .
myo*n.se.jo*.me.so*/hwa.jang.pu.meul/ma.
ni/sat.sseum.ni.da
在免稅店買了很多化妝品。

화장품은 주로 어떤 거 쓰세요 ?
hwa.jang.pu.meun/ju.ro/o*.do*n/go*/sseu.
se.yo
你主要使用哪種化妝品？

지금 쓰는 기초 화장품은 뭐예요 ?
ji.geum/sseu.neun/gi.cho/hwa.jang.pu.
meun/mwo.ye.yo
你現在用的基礎化妝品是什麼？

쿠폰으로 명품 화장품을 샀어요 .
ku.po.neu.ro/myo*ng.pum/hwa.jang.pu.
meul/ssa.sso*.yo
我用折價券買了名牌化妝品。

相關單字

화장솜　hwa.jang.som　化妝棉

액세서리
e*k.sse.so*.ri
飾品

例句

- 화려한 액세서리 .
  hwa.ryo*.han/e*k.sse.so*.ri
  華麗的飾品。

- 액세서리를 안 사요 .
  e*k.sse.so*.ri.reul/an/sa.yo
  我不買飾品。

- 액세서리를 좋아하시죠 ?
  e*k.sse.so*.ri.reul/jjo.a.ha.si.jyo
  您喜歡飾品吧 ?

- 이것은 핸드폰 액세서리예요 .
  i.go*.seun/he*n.deu.pon/e*k.sse.so*.ri.ye.yo
  這是手機飾品。

- 남대문시장에 액세서리 파는 가게들이
  많아요 .
  nam.de*.mun.si.jang.e/e*k.sse.so*.ri/pa.
  neun/ga.ge.deu.ri/ma.na.yo
  南大門市場有很多賣飾品的店家。

相關單字

귀걸이 gwi.go*.ri 耳環
목걸이 mok.go*.ri 項鍊

가방
ga.bang
包包

例句

가방이 무거워요 .
ga.bang.i/mu.go*.wo.yo
包包重。

가빙을 들고 있어요 .
ga.bang.eul/deul.go/i.sso*.yo
拿著包包。

명품 가방은 값이 높아요 .
myo*ng.pum/ga.bang.eun/gap.ssi/no.pa.yo
名牌包的價格很貴。

내 가방을 잃어 버렸어요 .
ne*/ga.bang.eul/i.ro*/bo*.ryo*.sso*.yo
我的包包弄丟了。

가방에 지갑하고 열소가 있어요 .
ga.bang.e/ji.ga.pa.go/yo*l.swe.ga/i.sso*.yo
包包裡有皮夾和鑰匙。

相關單字

배낭　be*.nang　背包
핸드백　he*n.deu.be*k　手提包

지갑
ji.gap
皮夾

例句

- 제 지갑을 도둑에게 흠쳐 갔어요 .
  je/ji.ga.beul/do.du.ge.ge/hum.cho*/ga.sso*.
  yo
  我的皮夾被小偷偷走了。

- 제 지갑이 보이지 않습니다 . 어떡하죠 ?
  je/ji.ga.bi/bo.i.ji/an.sseum.ni.da//o*.do*.ka.
  jyo
  我沒看到我的錢包,怎麼辦?

會話

- A : 뭘 찾으세요 ?
  mwol/cha.jeu.se.yo
  您要找什麼嗎?

- B : 지갑을 좀 보고 싶은데요 .
  ji.ga.beul/jjom/bo.go/si.peun.de.yo
  我想看看皮夾。

相關單字

동전　dong.jo*n　硬幣
지폐　ji.pye　紙鈔

선물
so*n.mul
禮物

例句

● 선물은 고마워요 .
so*n.mu.reun/go.ma.wo.yo
謝謝你的禮物。

● 이건 생일 선물이에요 .
i.go*n/se*ng.il/so*n.mu.ri.e.yo
這是生日禮物。

● 선물을 많이 받았으면 좋겠다 .
so*n.mu.reul/ma.ni/ba.da.sseu.myo*n/jo.
ket.da
希望可以收到很多禮物。

● 선물을 사러 시내에 갔어요 .
so*n.mu.reul/ssa.ro*/si.ne*.e/ga.sso*.yo
去市區買禮物。

● 선물을 받아서 기뻐요 .
so*n.mu.reul/ba.da.so*/gi.bo*.yo
收到禮物很高興。

相關單字

증정품 jeung.jo*ng.pum   贈品
생일 se*ng.il   生日

기념품
gi.nyo*m.pum
紀念品

例句

● 기념품 가게는 어디에 있어요？
gi.nyo*m.pum/ga.ge.neun/o*.di.e/i.sso*.yo
紀念品店在哪裡呢？

● 친구한테 기념품을 선물했어요.
chin.gu.han.te/gi.nyo*m.pu.meul/sso*n.
mul.he*.sso*.yo
送朋友紀念品了。

● 저기에 기념품 가게가 있어요.
jo*.gi.e/gi.nyo*m.pum/ga.ge.ga/i.sso*.yo
那裡有紀念品店。

● 기념품 가게에서 열쇠고리를 사요.
gi.nyo*m.pum/ga.ge.e.so*/yo*l.swe.go.ri.
reul/ssa.yo
在紀念品店買鑰匙圈。

● 친구들에게 줄 기념품을 사고 싶어요.
chin.gu.deu.re.ge/jul/gi.nyo*m.pu.meul/ssa.
go/si.po*.yo
我想買送給朋友們的紀念品。

相關單字

기념일 gi.nyo*.mil 紀念日
기념우표 gi.nyo*.mu.pyo 紀念郵票

엽서
yo*p.sso*
明信片

例句

한국 친구한테서 엽서를 받았어요 .
han.guk/chin.gu.han.te.so*/yo*p.sso*.reul/
ba.da.sso*.yo
我收到韓國朋友的明信片了。

엽서는 기념품 가게에서 살 수 있어요 .
yo*p.sso*.neun/gi.nyo*m.pum/ga.ge.e.so*/
sal/ssu/i.sso*.yo
明信片可以在紀念品店買得到。

會話

A : 내가 보내 준 엽서는 받았어 ?
ne*.ga/bo.ne*/jun/yo*p.sso*.neun/ba.da.
sso*
我寄給你的明信片你收到了嗎？

B : 응 , 며칠 전에 받았어 . 고마워 .
eung//myo*.chil/jo*.ne/ba.da.sso*//go.ma.
wo
嗯，幾天前收到了，謝謝！

相關單字

카드 ka.deu 卡片
축하장 chu.ka.jang 賀卡

토산물
to.san.mul
土產

例句

● 토산물이 맛있어요 .
to.san.mu.ri/ma.si.sso*.yo
土產很好吃。

● 토산물을 사고 싶습니다 .
to.san.mu.reul/ssa.go/sip.sseum.ni.da
我想買土產。

● 친척한테서 토산물을 받았어요 .
chin.cho*.kan.te.so*/to.san.mu.reul/ba.da.
sso*.yo
從親戚那裡收到了土產。

● 아주머니께 토산물을 선물해 줬어요 .
a.ju.mo*.ni.ge/to.san.mu.reul/sso*n.mul.
he*/jwo.sso*.yo
送阿姨土產了。

● 이건 제주도에서 산 토산물이에요 .
i.go*n/je.ju.do.e.so*/san/to.san.mu.ri.e.yo
這是在濟州島買的土產。

相關單字

특산물　teuk.ssan.mul　特產
식품　sik.pum　食品

돈
don
錢

例句

→ 돈을 벌어요 .
do.neul/bo*.ro*.yo
賺錢。

→ 돈이 있어요.?
do.ni/i.sso*.yo
你有錢嗎 ?

→ 돈이 부족해요 .
do.ni/bu.jo.ke*.yo
錢不夠。

→ 돈 좀 빌려 줘요 .
don/jom/bil.lyo*/jwo.yo
借我一點錢。

→ 돈이 없으면 아무것도 할 수 없어요 .
do.ni/o*p.sseu.myo*n/a.mu.go*t.do/hal/
ssu/o*p.sso*.yo
沒有錢什麼事都做不了。

相關單字

월급 wol.geup 薪水
화폐 hwa.pye 貨幣

가격
ga.gyo*k
價格

例句

가격이 얼마입니까 ?
ga.gyo*.gi/o*l.ma.im.ni.ga
價格是多少？

가격이 비싸요 .
ga.gyo*.gi/bi.ssa.yo
價格貴。

가격 좀 알려 주세요 .
ga.gyo*k/jom/al.lyo*/ju.se.yo
請告訴我價格。

가격이 어떻게 돼요 ?
ga.gyo*.gi/o*.do*.ke/dwe*.yo
價格是多少呢？

가격이 많이 올랐네요 .
ga.gyo*.gi/ma.ni/ol.lan.ne.yo
價格上漲很多呢！

相關單字

정가　jo*ng.ga　定價
값　gap　價格

원
won
韓圜

例句

- 찐빵 한 개에 천원입니다 .
jjin.bang/han/ge*.e/cho*.nwo.nim.ni.da
紅豆餡包子一個一千韓圜。

- 순대도 일인분에 삼천원입니다 .
sun.de*.do/i.rin.bu.ne/sam.cho*.nwo.nim.
ni.da
血腸也是一人份三千韓圜。

會話

- A : 모두 삼만오천원입니다 .
mo.du/sam.ma.no.cho*.nwo.nim.ni.da
總共是三萬五千韓圜。

- B : 오천원만 깎아 주세요 .
o.cho*.nwon.man/ga.ga/ju.se.yo
再便宜我五千韓圜吧。

相關單字

한국돈 han.guk.don 韓幣
달러 dal.lo* 美金

쿠폰
ku.pon
優惠券

例句

● 영화 쿠폰이 두 장 있어요.
yo*ng.hwa/ku.po.ni/du/jang/i.sso*.yo
我有兩張電影優惠券。

● 이것은 무료 쿠폰이에요.
i.go*.seun/mu.ryo/ku.po.ni.e.yo
這是免費禮券。

● 지금 사시면 할인 쿠폰을 드립니다.
ji.geum/sa.si.myo*n/ha.rin/ku.po.neul/deu.
rim.ni.da
現在買的話，送您折價券。

● 백화점 쿠폰이 있는데 같이 쇼핑하러
갈까요?
be*.kwa.jo*m/ku.po.ni/in.neun.de/ga.chi/
syo.ping.ha.ro*/gal.ga.yo
我有百貨公司優惠券，要不要一起去逛街？

● 이 할인쿠폰은 사용할 수 있어요?
i/ha.rin.ku.po.neun/sa.yong.hal/ssu/i.sso*.
yo
這張折扣券可以用嗎？

相關單字

상품권　sang.pum.gwon　商品券
할인권　ha.rin.gwon　折價券

특가
teuk.ga
特價

例句

특가 항공권 .
teuk.ga/hang.gong.gwon
特價機票。

지금은 특가 행사입니다 .
ji.geu.meun/teuk.ga/he*ng.sa.im.ni.da
現在是特價活動。

오늘만 특가 ! 세일 판매합니다 .
o.neul.man/teuk.ga//se.il/pan.me*.ham.ni.
da
只有今天特價！大促銷。

특가 기간이 연장되었어요 .
teuk.ga/gi.ga.ni/yo*n.jang.dwe.o*.sso*.yo
特價期間延長了。

특가 판매로 반품 , 교환 안 됩니다 .
teuk.ga/pan.me*.ro/ban.pum//gyo.hwan/
an/dwem.ni.da
拍賣促銷品不可退貨或換貨。

相關單字

특가품 teuk.ga.pum 特價品
반값 ban.gap 半價

영수증
yo*ng.su.jeung
收據

例句

- 영수증을 주세요 .
yo*ng.su.jeung.eul/jju.se.yo
請給我收據。

- 영수증이 필요해요 .
yo*ng.su.jeung.i/pi.ryo.he*.yo
我需要收據。

- 영수증은 아직 안 주셨어요 .
yo*ng.su.jeung.eun/a.jik/an/ju.syo*.sso*.yo
您還沒給我收據。

- 영수증을 안 가져 왔어요 .
yo*ng.su.jeung.eul/an/ga.jo*/wa.sso*.yo
我沒帶收據來。

- 영수증 없이는 환불이 불가능합니다 .
yo*ng.su.jeung/o*p.ssi.neun/hwan.bu.ri/
bul.ga.neung.ham.ni.da
沒有收據不可以退費。

相關單字

증서　jeung.so*　證書
금액　geu.me*k　金額

비닐봉지
bi.nil.bong.ji
塑膠袋

例句

- 빵을 비닐봉지에다 넣었다 .
  bang.eul/bi.nil.bong.ji.e.da/no*.o*t.da
  把麵包放入塑膠袋了。

- 비닐봉지 하나 주세요 .
  bi.nil.bong.ji/ha.na/ju.se.yo
  請給我一個塑膠袋。

- 비닐봉지 안에 귤이 있어요 .
  bi.nil.bong.ji/a.ne/gyu.ri/i.sso*.yo
  塑膠袋裡有橘子。

- 비닐 봉지 하나 주실 수 있나요 ?
  bi.nil/bong.ji/ha.na/ju.sil/su/in.na.yo
  可以給我一個塑膠袋嗎？

- 비닐 봉지에 넣어 주시겠어요 ?
  bi.nil/bong.ji.e/no*.o*/ju.si.ge.sso*.yo
  可以幫我裝入塑膠袋嗎？

相關單字

종이 봉지 jong.i/bong.ji 紙袋
쓰레기봉투 sseu.re.gi.bong.tu 垃圾袋

현금
hyo*n.geum
現金

例句

● 현금이 있어야 합니다 .
hyo*n.geu.mi/i.sso*.ya/ham.ni.da
必須要有現金。

● 현금으로 지불하셔야 됩니다 .
hyo*n.geu.meu.ro/ji.bul.ha.syo*.ya/dwem.
ni.da
您必須用現金付款。

● 현금으로 사려고 하는데요 .
hyo*n.geu.meu.ro/sa.ryo*.go/ha.neun.de.yo
我打算用現金買。

● 현금으로 하실 겁니까 ?
hyo*n.geu.meu.ro/ha.sil/go*m.ni.ga
您要用現金付款嗎？

● 현금인가요 , 카드인가요 ?
hyo*n.geu.min.ga.yo//ka.deu.in.ga.yo
您要付現金還是刷卡呢？

相關單字

현금인출기 hyo*n.geu.min.chul.gi 提款機
수표 su.pyo 支票

신용카드
si.nyong.ka.deu
信用卡

例句

● 난 신용카드 없어요 .
nan/si.nyong.ka.deu/o*p.sso*.yo
我沒有信用卡。

● 신용카드를 사용할 수 있나요 ?
si.nyong.ka.deu.reul/ssa.yong.hal/ssu/in.
na.yo
可以使用信用卡嗎？

● 신용카드로 지불해도 될까요 ?
si.nyong.ka.deu.ro/ji.bul.he*.do/dwel.ga.yo
可以用信用卡付款嗎？

● 신용카드를 만들고 싶습니다 .
si.nyong.ka.deu.reul/man.deul.go/sip.
sseum.ni.da
我想辦信用卡。

● 신용카드 분실을 신고하려고 해요 .
si.nyong.ka.deu/bun.si.reul/ssin.go.ha.ryo*.
go/he*.yo
我要申請信用卡掛失。

相關單字

수수료　su.su.ryo　手續費
현금카드　hyo*n.geum.ka.deu　現金卡

세금
se.geum
稅金

例句

● 세금이 포함되나요 ?
se.geu.mi/po.ham.dwe.na.yo
有含稅嗎 ?

● 세금은 어떻게 내요 ?
se.geu.meun/o*.do*.ke/ne*.yo
要如何繳稅 ?

● 세금을 포함한 가격입니까 ?
se.geu.meul/po.ham.han/ga.gyo*.gim.ni.ga
這是含稅的價錢嗎 ?

● 그건 세금 별도인가요 ?
geu.go*n/se.geum/byo*l.do.in.ga.yo
那是不含稅嗎 ?

● 기내에서 면세품을 팝니까 ?
gi.ne*.e.so*/myo*n.se.pu.meul/pam.ni.ga
飛機上有賣免稅商品嗎 ?

相關單字

세금 포함　se.geum/po.ham　含稅
세금 별도　se.geum/byo*l.do　不含稅

사다
sa.da
買

例句

마트에서 우유를 사요 .
ma.teu.e.so*/u.yu.reul/ssa.yo
在超市買牛奶。

새차를 사고 싶어요 .
se*.cha.reul/ssa.go/si.po*.yo
我想買新車。

과일하고 야채를 샀어요 .
gwa.il.ha.go/ya.che*.reul/ssa.sso*.yo
我買了水果和蔬菜。

명품 가방을 안 삽니다 .
myo*ng.pum/ga.bang.eul/an/sam.ni.da
我不買名牌包包。

내년에 아파트를 살 거예요 .
ne*.nyo*.ne/a.pa.teu.reul/ssal/go*.ye.yo
明年我要買公寓大樓。

相關單字

구입하다　gu.i.pa.da　買進、購入
구매하다　gu.me*.ha.da　購買

팔다
pal.da
賣

例句

● 귤을 팔아요 .
gyu.reul/pa.ra.yo
賣橘子。

● 양말을 팝니다 .
yang.ma.reul/pam.ni.da
賣襪子。

● 여기 담배를 안 팝니다 .
yo*.gi/dam.be*.reul/an/pam.ni.da
這裡不賣香菸。

● 어제 자동차를 팔았어요 .
o*.je/ja.dong.cha.reul/pa.ra.sso*.yo
昨天賣了車子。

● 이것을 팔지 마세요 .
i.go*.seul/pal.jji/ma.se.yo
不要賣這個。

相關單字

판매하다　pan.me*.ha.da　販賣、銷售
매출하다　me*.chul.ha.da　售出、賣出

찾다
chat.da
找尋

例句

무엇을 찾습니까 ?
mu.o*.seul/chat.sseum.ni.ga
你找什麼？

결혼반지를 찾습니다 .
gyo*l.hon.ban.ji.reul/chat.sseum.ni.da
我找結婚戒指。

가족사진을 찾고 있어요 .
ga.jok.ssa.ji.neul/chat.go/i.sso*.yo
我在找全家福。

누구를 찾으십니까 ?
nu.gu.reul/cha.jeu.sim.ni.ga
您要找誰？

돈을 찾으러 은행에 갔어요 .
do.neul/cha.jeu.ro*/eun.he*ng.e/ga.sso*.yo
去銀行領錢。

相關單字

구하다 gu.ha.da 求、找
사전을 찾다 sa.jo*.neul/chat.da 查字典

구경하다
gu.gyo*ng.ha.da
參觀、觀賞

例句

● 천천히 구경하세요 .
cho*n.cho*n.hi / gu.gyo*ng.ha.se.yo
慢慢看。

● 경치를 구경하러 산에 가요 .
gyo*ng.chi.reul / gu.gyo*ng.ha.ro* / sa.ne / ga.
yo
去山上看風景。

● 야경을 구경하러 갑시다 .
ya.gyo*ng.eul / gu.gyo*ng.ha.ro* / gap.ssi.da
我們去看夜景吧。

● 밤에 구경할 만한 곳이 있나요 ?
ba.me / gu.gyo*ng.hal / man.han / go.si / in.na.
yo
晚上有值得逛的地方嗎？

● 그저 구경하고 있는 것뿐입니다 .
geu.jo* / gu.gyo*ng.ha.go / in.neun / go*t.bu.
nim.ni.da
我只是看看而已。

相關單字

둘러보다　dul.lo*.bo.da　環視、環顧
관상하다　gwan.sang.ha.da　觀賞

고르다
go.reu.da
挑選

例句

- 천천히 골라 주세요 .
  cho*n.cho*n.hi/gol.la/ju.se.yo
  請慢慢（盡情）挑選。

- 고르는데 도움을 주시겠어요 ?
  go.reu.neun/de/do.u.meul/jju.si.ge.sso*.yo
  你能幫我挑選嗎？

- 하나 골라 봐요 .
  ha.na/gol.la/bwa.yo
  挑一個吧。

- 이것을 골랐어요 .
  i.go*.seul/gol.la.sso*.yo
  挑選這個了。

- 결혼상대 고를 때는 신중해야 해요 .
  gyo*l.hon.sang.de*/go.reul/de*.neun/sin.
  jung.he*.ya/he*.yo
  挑選結婚對象時必須慎重。

相關單字

선택하다　so*n.te*.ka.da　選擇
선발하다　so*n.bal.ha.da　選拔

보여 주다
bo.yo*/ju.da
給看、出示

例句

- 신분증을 보여 주세요 .
  sin.bun.jeung.eul/bo.yo*/ju.se.yo
  請出示身分證。

- 다른 색깔로 보여 주세요 .
  da.reun/se*k.gal.lo/bo.yo*/ju.se.yo
  請給我看其他顏色。

- 예쁜 디자인을 보여 줘요 .
  ye.beun/di.ja.i.neul/bo.yo*/jwo.yo
  請給我看漂亮的設計。

- 여권 좀 보여 주시겠어요 ?
  yo*.gwon/jom/bo.yo*/ju.si.ge.sso*.yo
  可以出示您的護照嗎 ?

- 내 사진을 보여 줄게요 .
  ne*/sa.ji.neul/bo.yo*/jul.ge.yo
  給你看我的照片。

相關單字

드러내다 deu.ro*.ne*.da 露出、暴露
나타나다 na.ta.na.da 出現、顯出

좋아하다
jo.a.ha.da
喜歡

例句

- 술을 좋아하세요 ?
  su.reul/jjo.a.ha.se.yo
  您喜歡喝酒嗎 ?

- 강아지를 좋아합니다 .
  gang.a.ji.reul/jjo.a.ham.ni.da
  我喜歡小狗。

- 제일 좋아하는 사람은 누구예요 ?
  je.il/jo.a.ha.neun/sa.ra.meun/nu.gu.ye.yo
  你最喜歡的人是誰 ?

- 일본 음식을 안 좋아해요 .
  il.bon/eum.si.geul/an/jo.a.he*.yo
  我不喜歡日本菜。

- 나를 좋아하지 마요 .
  na.reul/jjo.a.ha.ji/ma.yo
  不要喜歡我。

相關單字

사랑하다 sa.rang.ha.da 愛
싫어하다 si.ro*.ha.da 討厭

입어보다
i.bo*.bo.da
試穿

例句

- 입어 보세요 .
i.bo*/bo.se.yo
請試穿。

- 이 옷을 한 번 입어보고 싶어요 .
i/o.seul/han/bo*n/i.bo*.bo.go/si.po*.yo
我想試穿這件衣服。

- 죄송하지만 , 입어보실 수는 없습니다 .
jwe.song.ha.ji.man//i.bo*.bo.sil/su.neun/
o*p.sseum.ni.da
對不起，您不可以試穿。

- 한 번 입어봐도 될까요 ?
han/bo*n/i.bo*.bwa.do/dwel.ga.yo
我可以試穿看看嗎？

- 이 부츠를 신어봐도 돼요 ?
i/bu.cheu.reul/ssi.no*.bwa.do/dwe*.yo
我可以試穿這雙靴子嗎？

相關單字

먹어보다　mo*.go*.bo.da　試吃
신어보다　si.no*.bo.da　試穿（鞋子）

할인하다
ha.rin.ha.da
打折

例句

지금은 30 프로 할인하고 있습니다 .
ji.geu.meun/sam.sip.peu.ro/ha.rin.ha.go/it.
sseum.ni.da
現在打 7 折。

더 이상 할인해 드릴 수 없습니다 .
do*.i.sang/ha.rin.he*/deu.ril/su/o*p.
sseum.ni.da
沒辦法再折扣給您。

이건 이미 할인된 가격입니다 .
i.go*n/i.mi/ha.rin.dwen/ga.gyo*.gim.ni.da
這已經是打折後的價錢了。

재고정리 할인 판매는 언제예요 ?
je*.go.jo*ng.ni/ha.rin/pan.me*.neun/o*n.je.
ye.yo
清倉大拍賣是什麼時候？

좀 할인해 주세요 .
jom/ha.rin.he*/ju.se.yo
請打折給我。

相關單字

할인가격　ha.rin.ga.gyo*k　折扣價
할인매장　ha.rin.me*.jang　折扣店

계산하다
gye.san.ha.da
結帳、計算

例句

- 잘못 계산하셨어요 .
  jal.mot/gye.san.ha.syo*.sso*.yo
  您算錯了。

- 다시 계산해 주세요 .
  da.si/gye.san.he*/ju.se.yo
  請再算一次。

- 저녁은 내가 계산할게요 .
  jo*.nyo*.geun/ne*.ga/gye.san.hal.ge.yo
  晚餐我請客。

- 어디에서 계산하나요 ?
  o*.di.e.so*/gye.san.ha.na.yo
  在哪結帳呢？

- 나누어 계산하기로 합시다 .
  na.nu.o*/gye.san.ha.gi.ro/hap.ssi.da
  我們平均分攤費用吧！

相關單字

계산기　gye.san.gi　計算機
계산대　gye.san.de*　收銀台

포장하다
po.jang.ha.da
包裝

例句

● 포장을 해 줄 수 있어요 ?
po.jang.eul/he*/jul/su/i.sso*.yo
可以幫我包裝嗎？

● 어떻게 포장해 드릴까요 ?
o*.do*.ke/po.jang.he*/deu.ril.ga.yo
要怎麼幫您包裝呢？

● 따로따로 포장해 주세요 .
da.ro.da.ro/po.jang.he*/ju.se.yo
請幫我分開包裝。

● 예쁘게 포장해 주세요 .
ye.beu.ge/po.jang.he*/ju.se.yo
請幫我包漂亮一點。

● 포장 안 하셔도 됩니다 .
po.jang/an/ha.syo*.do/dwem.ni.da
您不需要包裝。

相關單字

포장지　po.jang.ji　包裝紙
포장박스　po.jang.bak.sseu　包裝盒

환불하다
hwan.bul.ha.da
退費

例句

- 환불해 주시겠어요?
  hwan.bul.he*/ju.si.ge.sso*.yo
  可以幫我退費嗎?

- 환불은 안 되지만 교환할 수 있어요.
  hwan.bu.reun/an/dwe.ji.man/gyo.hwan.hal
  /ssu/i.sso*.yo
  不可以退費,但可以換貨。

- 표를 환불하고 싶은데요.
  pyo.reul/hwan.bul.ha.go/si.peun.de.yo
  我想退票。

- 이것을 환불 받을 수 있을까요?
  i.go*.seul/hwan.bul/ba.deul/ssu/i.sseul.ga.
  yo
  這個可以退錢嗎?

- 환불하시려면 영수증이 있어야 합니다.
  hwan.bul.ha.si.ryo*.myo*n/yo*ng.su.jeung.i/
  i.sso*.ya/ham.ni.da
  想退費的話,必須要有收據才行。

相關單字

반품　ban.pum　退貨
교환　gyo.hwan　換貨

Unit2 用餐

식당
sik.dang
餐館

例句

—● 식당에서 밥을 먹어요 .
sik.dang.e.so*/ba.beul/mo*.go*.yo
在餐館吃飯。

—● 근처에 한국 식당이 있어요 ?
geun.cho*.e/han.guk/sik.dang.i/i.sso*.yo
附近有韓國餐館嗎？

—● 저는 식당 종업원입니다 .
jo*.neun/sik.dang/jong.o*.bwo.nim.ni.da
我是餐館服務生。

—● 일본 식당에서 점심을 먹었습니다 .
il.bon/sik.dang.e.so*/jo*m.si.meul/mo*.go*t.
sseum.ni.da
我在日式餐館吃了午餐。

—● 지하철 일번 출구에 식당이 많아요 .
ji.ha.cho*l/il.bo*n/chul.gu.e/sik.dang.i/ma.
na.yo
地鐵站一號出口有很多餐館。

相關單字

한식집 han.sik.jjip 韓式料理店

● Track 121

레스토랑

re.seu.to.rang

西餐廳

例句

● 비싼 레스토랑 .
bi.ssan/re.seu.to.rang
昂貴的餐廳。

● 레스토랑에서 스테이크를 먹었어요 .
re.seu.to.rang.e.so*/seu.te.i.keu.reul/mo*.go*.sso*.yo
在餐廳吃了牛排。

● 그 레스토랑에 한 번 가보고 싶어요 .
geu/re.seu.to.rang.e/han/bo*n/ga.bo.go/si.po*.yo
我想去吃那間餐廳看看。

● 이 부근에 맛있는 레스토랑이 있습니까 ?
i/bu.geu.ne/ma.sin.neun/re.seu.to.rang.i/it.sseum.ni.ga
這附近有好吃的餐廳嗎?

● 나는 레스토랑에서 아르바이트 해요 .
na.neun/re.seu.to.rang.e.so*/a.reu.ba.i.teu/he*.yo
我在餐廳打工。

相關單字

뷔페 bwi.pe 自助餐
음식점 eum.sik.jjo*m 餐飲店

커피숍
ko*.pi.syop
咖啡廳

例句

- 커피숍에서 얘기합시다 .
  ko*.pi.syo.be.so*/ye*.gi.hap.ssi.da
  我們在咖啡廳聊天吧。

- 커피숍에서 책을 봐요 .
  ko*.pi.syo.be.so*/che*.geul/bwa.yo
  在咖啡廳看書。

- 커피숍에 가서 커피를 마셔요 .
  ko*.pi.syo.be/ga.so*/ko*.pi.reul/ma.syo*.yo
  去咖啡廳喝咖啡。

- 우리는 카페에서 소개팅을 했어요 .
  u.ri.neun/ka.pe.e.so*/so.ge*.ting.eul/he*.
  sso*.yo
  我們在咖啡廳聯誼了。

- 그 커피숍은 커피가 맛이 있어요 .
  geu/ko*.pi.syo.beun/ko*.pi.ga/ma.si/i.sso*.
  yo
  那間咖啡廳的咖啡很好喝。

相關單字

카페 ka.pe 咖啡廳
카페라떼 ka.pe.ra.de 拿鐵咖啡

술집
sul.jip
居酒屋

例句

- 술집에 갈까요 ?
  sul.ji.be/gal.ga.yo
  要去居酒屋嗎 ？

- 밤에 술집에 갔어요 .
  ba.me/sul.ji.be/ga.sso*.yo
  晚上去了居酒屋。

- 술집에서 소주를 마셔요 .
  sul.ji.be.so*/so.ju.reul/ma.syo*.yo
  在居酒屋喝酒。

- 친구가 술집에서 잤어요 .
  chin.gu.ga/sul.ji.be.so*/ja.sso*.yo
  朋友在居酒屋睡覺。

- 지금 회사 근처의 술집에 있어요 .
  ji.geum/hwe.sa/geun.cho*.ui/sul.ji.be/i.
  sso*.yo
  現在我在公司附近的居酒屋。

相關單字

바　ba　酒吧
포장마차　po.jang.ma.cha　路邊攤

요리
yo.ri
料理

例句

- 맛있는 생선 요리 .
  ma.sin.neun/se*ng.so*n/yo.ri
  好吃的魚料理。

- 한국 요리가 맛있습니다 .
  han.guk/yo.ri.ga/ma.sit.sseum.ni.da
  韓國料理好吃。

- 한국 요리를 좋아합니다 .
  han.guk/yo.ri.reul/jjo.a.ham.ni.da
  我喜歡韓國菜。

- 내가 요리 할 줄 알아요 .
  ne*.ga/yo.ri/hal/jjul/a.ra.yo
  我會做菜。

- 이게 무슨 요리예요 ?
  i.ge/mu.seun/yo.ri.ye.yo
  這是什麼料理？

相關單字

요리사 yo.ri.sa 廚師
중화요리 jung.hwa.yo.ri 中華料理

음식
eum.sik
菜、食物

例句

● 음식이 부족해요 .
eum.si.gi/bu.jo.ke*.yo
食物不足。

● 이 음식은 무엇입니까 ?
i/eum.si.geun/mu.o*.sim.ni.ga
這道菜是什麼？

● 메뉴를 보고 음식을 주문합시다 .
me.nyu.reul/bo.go/eum.si.geul/jju.mun.
hap.ssi.da
我們看菜單點菜吧。

● 주문한 음식이 아직 안 나왔는데요 .
ju.mun.han/eum.si.gi/a.jik/an/na.wan.
neun.de.yo
我點的菜還沒送上來耶！

● 집에서 누가 음식을 만들어요 ?
ji.be.so*/nu.ga/eum.si.geul/man.deu.ro*.yo
家裡是誰在煮飯呢？

相關單字

음식점　eum.sik.jjo*m　餐飲店
식품점　sik.pum.jo*m　食品店

밥
bap
飯

例句

- 밥을 먹습니다 .
  ba.beul/mo*k.sseum.ni.da
  吃飯。

- 밥 먹으러 가자 .
  bap/mo*.geu.ro*/ga.ja
  我們去吃飯吧。

- 엄마가 밥 해 주셨어요 .
  o*m.ma.ga/bap/he*/ju.syo*.sso*.yo
  媽媽做飯給我吃了。

- 밥을 드려요 ? 국수를 드려요 ?
  ba.beul/deu.ryo*.yo//guk.ssu.reul/deu.ryo*.
  yo
  您要飯，還是麵？

- 아직 밥 안 먹었어요 .
  a.jik/bap/an/mo*.go*.sso*.yo
  我還沒吃飯。

相關單字

돌솥비빔밥　dol.sot.bi.bim.bap　石鍋拌飯
초밥　cho.bap　生魚片壽司

맛
mat
味道

例句

● 맛이 어때요 ?
ma.si/o*.de*.yo
味道如何 ?

● 맛이 있어요 ?
ma.si/i.sso*.yo
好吃嗎 ?

● 이건 무슨 맛이에요 ?
i.go*n/mu.seun/ma.si.e.yo
這是什麼味道 ?

● 담백한 맛이 좋아요 .
dam.be*.kan/ma.si/jo.a.yo
我喜歡清淡的味道。

● 별로 맛이 없네요 .
byo*l.lo/ma.si/o*m.ne.yo
不怎麼好吃。

相關單字

맛있다　ma.sit.da　好吃
맛없다　ma.do*p.da　難吃

시다
si.da
酸

例句

→ 레몬이 셔요 .
re.mo.ni/syo*.yo
檸檬酸。

→ 신 맛이 좋아요 .
sin/ma.si/jo.a.yo
我喜歡吃酸。

→ 너무 셔서 못 먹어요 .
no*.mu/syo*.so*/mot/mo*.go*.yo
太酸了，不敢吃。

→ 이 김치는 너무 십니다 .
i/gim.chi.neun/no*.mu/sim.ni.da
這泡菜太酸了。

→ 나는 신 과일이 싫어요 .
na.neun/sin/gwa.i.ri/si.ro*.yo
我討厭吃酸的水果。

相關單字

시큼하다　si.keum.ha.da　酸、有點酸

달다
dal.da
甜

例句

- 단 딸기 .
dan/dal.gi
甜的草莓。

- 수박이 달아요 .
su.ba.gi/da.ra.yo
西瓜很甜。

- 너무 단 음료수가 싫어요 .
no*.mu/dan/eum.nyo.su.ga/si.ro*.yo
我討厭很甜的飲料。

- 단 것 좋아하세요 ?
dan/go*t/jo.a.ha.se.yo
您喜歡吃甜食嗎？

- 너무 달아서 제 입맛에는 별로예요 .
no*.mu/da.ra.so*/je/im.ma.se.neun/byo*l.
lo.ye.yo
太甜了，不太合我的口味。

相關單字

달콤하다　dal.kom.ha.da　甜蜜、甜美

쓰다
sseu.da

苦

例句

- 약이 씁니다 .
  ya.gi/sseum.ni.da
  藥苦。

- 여주 맛이 써요 .
  yo*.ju/ma.si/sso*.yo
  苦瓜味道很苦。

- 쓴 거 못 드시나요 ?
  sseun/go*/mot/deu.si.na.yo
  您不敢吃苦的東西嗎？

- 한약 맛이 씁니까 ?
  ha.nyak/ma.si/sseum.ni.ga
  中藥味道苦嗎？

- 입맛이 너무 써요 .
  im.ma.si/no*.mu/sso*.yo
  嘴裡的味道很苦。

相關單字

모자를 쓰다　mo.ja.reul/sseu.da　戴帽子
글을 쓰다　geu.reul/sseu.da　寫字

맵다
me*p.da
辣

例句

● 매운 고추 .
me*.un/go.chu
辣的辣椒。

● 김치가 맵습니다 .
gim.chi.ga/me*p.sseum.ni.da
泡菜很辣。

● 매운 음식을 좋아해요 .
me*.un/eum.si.geul/jjo.a.he*.yo
我喜歡辣的食物。

● 한국 요리가 매워요 .
han.guk/yo.ri.ga/me*.wo.yo
韓國菜很辣。

● 매운 거 못 먹어요 .
me*.un/go*/mot/mo*.go*.yo
我不敢吃辣。

相關單字

맵디맵다　me*p.di.me*p.da　非常辣

짜다
jja.da
鹹

例句

● 된장국이 너무 짜요 .
dwen.jang.gu.gi/no*.mu/jja.yo
大醬湯很鹹。

● 바닷물이 짭니다 .
ba.dan.mu.ri/jjam.ni.da
海水鹹。

● 국물이 안 짜요 .
gung.mu.ri/an/jja.yo
湯不鹹。

● 음식이 짜지 않아요 .
eum.si.gi/jja.ji/a.na.yo
食物不鹹。

● 좀 짜지만 맛있어요 .
jom/jja.ji.man/ma.si.sso*.yo
有點鹹，但很好吃。

相關單字

소금　so.geum　鹽
간장　gan.jang　醬油

싱겁다
sing.go*p.da
清淡

例句

- 맛이 싱겁습니다 .
  ma.si/sing.go*p.sseum.ni.da
  味道很清淡。

- 국이 싱거워서 좋아요 .
  gu.gi/sing.go*.wo.so*/jo.a.yo
  湯很清淡，我喜歡。

- 언니가 만든 반찬이 싱거워요 .
  o*n.ni.ga/man.deun/ban.cha.ni/sing.go*.
  wo.yo
  姊姊做的小菜很清淡。

- 음식이 싱거운데 어떻게 하죠 ?
  eum.si.gi/sing.go*.un.de/o*.do*.ke/ha.jyo
  食物很清淡，怎麼辦才好？

- 일본 음식들은 기본적으로 다 싱거워요 .
  il.bon/eum.sik.deu.reun/gi.bon.jo*.geu.ro/
  da/sing.go*.wo.yo
  日本菜基本上都很清淡。

相關單字

담백하다　dam.be*.ka.da　清淡

맛있다
ma.sit.da
好吃

例句

→ 맛있어요 .
ma.si.sso*.yo
好吃。

→ 너무 맛있네요 .
no*.mu/ma.sin.ne.yo
太好吃了。

→ 맛있지만 양이 적어요 .
ma.sit.jji.man/yang.i/jo*.go*.yo
雖然好吃，但是量很少。

→ 저녁은 맛있었어요 .
jo*.nyo*.geun/ma.si.sso*.sso*.yo
晚餐很好吃。

→ 맛있는 케이크를 만들어 줄게요 .
ma.sin.neun/ke.i.keu.reul/man.deu.ro*/jul.
ge.yo
我做好吃的蛋糕給你吃。

相關單字

맛이 좋다　ma.si/jo.ta　味道好
입에 맞다　i.be/mat.da　合口味

맛없다
ma.do*p.da
難吃

例句

- 맛없어요 .
  ma.do*p.sso*.yo
  不好吃。

- 맛없는 음식 .
  ma.do*m.neun/eum.sik
  難吃的食物。

- 피자가 맛없어요 .
  pi.ja.ga/ma.do*p.sso*.yo
  披薩很難吃。

- 학생 식당 음식이 너무 맛없어요 .
  hak.sse*ng/sik.dang/eum.si.gi/no*.mu/ma.
  do*p.sso*.yo
  學生食堂的菜很難吃。

- 별로 맛이 없어요 .
  byo*l.lo/ma.si/o*p.sso*.yo
  不怎麼好吃。

相關單字

맛　mat　味道
없다　o*p.da　沒有

고기
go.gi
肉

例句

이건 무슨 고기예요 ?
i.go*n/mu.seun/go.gi.ye.yo
這是什麼肉？

이건 돼지고기예요 .
i.go*n/dwe*.ji.go.gi.ye.yo
這是豬肉。

고기를 좋아해요 ?
go.gi.reul/jjo.a.he*.yo
你喜歡吃肉嗎？

소고기를 못 먹어요 .
so.go.gi.reul/mot/mo*.go*.yo
我不能吃牛肉。

불고기 이인분 주세요 .
bul.go.gi/i.in.bun/ju.se.yo
請給我兩人份的烤肉。

相關單字

닭고기 dal.go.gi 雞肉
양고기 yang.go.gi 羊肉

야채
ya.che*

菜

例句

- 싱싱한 야채 .
sing.sing.han/ya.che*
新鮮的蔬菜。

- 야채는 몸에 좋아요 .
ya.che*.neun/mo.me/jo.a.yo
蔬菜對身體很好。

- 엄마가 야채 가게에 가셨어요 .
o*m.ma.ga/ya.che*/ga.ge.e/ga.syo*.sso*.yo
媽媽去蔬菜店了。

- 평소에 야채를 많이 먹어요 .
pyo*ng.so.e/ya.che*.reul/ma.ni/mo*.go*.yo
平時吃很多蔬菜。

- 누나가 만든 야채수프가 맛있어요 .
nu.na.ga/man.deun/ya.che*.su.peu.ga/ma.
si.sso*.yo
姊姊煮的蔬菜湯很好吃。

相關單字

채소　che*.so　蔬菜
야채죽　ya.che*.juk　蔬菜粥

과일
gwa.il
水果

例句

- 달고 신 과일 .
  dal.go/sin/gwa.il
  又甜又酸的水果。

- 제일 좋아하는 과일이 뭐예요 ?
  je.il/jo.a.ha.neun/gwa.i.ri/mwo.ye.yo
  你最喜歡的水果是什麼？

- 제일 좋아하는 과일은 포도예요 .
  je.il/jo.a.ha.neun/gwa.i.reun/po.do.ye.yo
  我最喜歡的水果是葡萄。

- 아까 무슨 과일을 먹었어요 ?
  a.ga/mu.seun/gwa.i.reul/mo*.go*.sso*.yo
  你剛才吃了什麼水果？

- 귤은 과즙이 많아요 .
  gyu.reun/gwa.jeu.bi/ma.na.yo
  橘子的果汁很多。

相關單字

과실　gwa.sil　果實、果子
주스　ju.seu　果汁

과자
gwa.ja
點心、餅乾

例句

● 과자를 싫어하는 아이가 없어요 .
gwa.ja.reul/ssi.ro*.ha.neun/a.i.ga/o*p.sso*.
yo
沒有不喜歡吃餅乾的孩子。

● 저는 짠맛 과자를 좋아합니다 .
jo*.neun/jjan.mat/gwa.ja.reul/jjo.a.ham.ni.
da
我喜歡鹹味的餅乾。

會話

● A : 나 배 고파 . 라면 있어 ?
na/be*/go.pa//ra.myo*n/i.sso*
我肚子餓了，有泡麵嗎 ?

● B : 라면 없는데 과자 먹을래 ?
ra.myo*n/o*m.neun.de/gwa.ja/mo*.geul.le*
我沒有泡麵，你要吃餅乾嗎 ?

相關單字

과자점 gwa.ja.jo*m 點心店

빵
bang
麵包

例句

● 아침에 빵과 커피를 먹었어요 .
a.chi.me/bang.gwa/ko*.pi.reul/mo*.go*.sso*.
yo
早上吃了麵包和咖啡。

● 걸으면서 빵을 먹어요 .
go*.reu.myo*n.so*/bang.eul/mo*.go*.yo
邊走邊吃麵包。

● 형이 빵집을 경영하고 있어요 .
hyo*ng.i/bang.ji.beul/gyo*ng.yo*ng.ha.go/i.
sso*.yo
哥哥在經營麵包店。

● 빵 먹을래요 ?
bang/mo*.geul.le*.yo
你要吃麵包嗎 ?

● 빵 하나에 얼마예요 ?
bang/ha.na.e/o*l.ma.ye.yo
麵包一個多少錢 ?

相關單字

찐빵 jjin.bang 包子
빵점 bang.jo*m 零分

술
sul
酒

例句

- 술을 마셔요 .
  su.reul/ma.syo*.yo
  喝酒。

- 술 한 잔 하자 .
  sul/han/jan/ha.ja
  我們去喝酒吧。

- 저는 오늘도 술 먹었어요 .
  jo*.neun/o.neul.do/sul/mo*.go*.sso*.yo
  我今天也喝了酒。

- 술 잘 드세요 ?
  sul/jal/deu.se.yo
  你很會喝酒嗎 ?

- 술을 잘 못 마셔요 .
  su.reul/jjal/mot/ma.syo*.yo
  我不太會喝酒。

相關單字

술안주 su.ran.ju 下酒菜
술집 sul.jip 酒館、居酒屋

음료수
eum.nyo.su
飲料

例句

● 음료수 없어요 ?
eum.nyo.su/o*p.sso*.yo
沒有飲料嗎 ?

● 음료수를 마십니다 .
eum.nyo.su.reul/ma.sim.ni.da
喝飲料。

● 음료수 좀 드시겠어요 ?
eum.nyo.su/jom/deu.si.ge.sso*.yo
您要喝飲料嗎 ?

● 음료수말고 커피 주세요 .
eum.nyo.su.mal.go/ko*.pi/ju.se.yo
我不要飲料，請給我咖啡。

● 음료수를 너무 많이 마시지 마요 .
eum.nyo.su.reul/no*.mu/ma.ni/ma.si.ji/ma.
yo
不要喝太多飲料。

相關單字

탄산음료 tan.sa.neum.nyo 碳酸飲料
음료자판기 eum.nyo.ja.pan.gi 飲料販賣機

커피
ko*.pi
咖啡

例句

● 따뜻한 커피 .
da.deu.tan/ko*.pi
熱咖啡。

● 시원한 커피 .
si.won.han/ko*.pi
冰咖啡。

● 아이스커피로 주세요 .
a.i.seu.ko*.pi.ro/ju.se.yo
請給我冰咖啡。

● 커피 한 잔 드릴까요 ?
ko*.pi/han/jan/deu.ril.ga.yo
您要喝杯咖啡嗎 ?

● 커피 한 잔 탔어요 .
ko*.pi/han/jan/ta.sso*.yo
泡了一杯咖啡。

相關單字

커피머신 ko*.pi.mo*.sin 咖啡機
커피잔 ko*.pi.jan 咖啡杯

김치
gim.chi
泡菜

例句

- 김치가 매워요 .
  gim.chi.ga/me*.wo.yo
  泡菜辣。

- 김치를 잘 먹어요 ?
  gim.chi.reul/jjal/mo*.go*.yo
  你愛吃泡菜嗎？

- 김치를 좋아해요 .
  gim.chi.reul/jjo.a.he*.yo
  我喜歡吃泡菜。

- 김치를 담글 줄 알아요 ?
  gim.chi.reul/dam.geul/jjul/a.ra.yo
  你會醃製泡菜嗎？

- 김치는 여러종류가 있어요 .
  gim.chi.neun/yo*.ro*.jong.nyu.ga/i.sso*.yo
  泡菜有各式各樣的種類。

相關單字

깍두기 gak.du.gi 蘿蔔塊泡菜
부추김치 bu.chu.gim.chi 韭菜泡菜

불고기
bul.go.gi
烤肉

例句

● 불고기 이인분으로 주세요 .
bul.go.gi/i.in.bu.neu.ro/ju.se.yo
請給我兩人份的烤肉。

● 불고기 피자를 먹고 싶어요 .
bul.go.gi/pi.ja.reul/mo*k.go/si.po*.yo
我想吃烤肉披薩。

● 불고기 식당에서 회식하자 .
bul.go.gi/sik.dang.e.so*/hwe.si.ka.ja
我們在烤肉店聚餐吧。

● 불고기버거를 시켰어요 .
bul.go.gi.bo*.go*.reul/ssi.kyo*.sso*.yo
我點了烤肉漢堡。

● 불고기덮밥 하나 주세요 .
bul.go.gi.do*p.bap/ha.na/ju.se.yo
請給我一個烤肉蓋飯。

相關單字

삼겹살 sam.gyo*p.ssal 五花肉
닭갈비 dak.gal.bi 雞排

먹다
mo*k.da
吃

例句

● 점심을 먹습니다 .
jo*m.si.meul/mo*k.sseum.ni.da
吃午餐。

● 저녁을 먹어요 .
jo*.nyo*.geul/mo*.go*.yo
吃晚餐。

● 아침에 뭘 먹었어요 ?
a.chi.me/mwol/mo*.go*.sso*.yo
你早上吃了什麼？

● 라면을 먹고 싶어요 .
ra.myo*.neul/mo*k.go/si.po*.yo
我想吃泡麵。

● 이걸 먹어 봐요 .
i.go*l/mo*.go*/bwa.yo
吃看看這個吧。

相關單字

드시다 deu.si.da 吃（먹다的敬語）
잡수시다 jap.ssu.si.da 吃（먹다的敬語）

마시다
ma.si.da
喝

例句

녹차를 마십니다 .
nok.cha.reul/ma.sim.ni.da
喝綠茶。

홍차를 마셔요 .
hong.cha.reul/ma.syo*.yo
喝紅茶。

뭘 마시고 싶어요 ?
mwol/ma.si.go/si.po*.yo
你想喝什麼？

인삼차를 마실래요 .
in.sam.cha.reul/ma.sil.le*.yo
我要喝人參茶。

커피 두 잔 마셨어요 .
ko*.pi/du/jan/ma.syo*.sso*.yo
我喝了兩杯咖啡。

相關單字

물　mul　水
우유　u.yu　牛奶

식사하다
sik.ssa.ha.da
用餐

例句

- 식사하셨어요 ?
  sik.ssa.ha.syo*.sso*.yo
  您用餐了嗎 ?

- 같이 식사하러 갈까요 ?
  ga.chi/sik.ssa.ha.ro*/gal.ga.yo
  一起去用餐好嗎 ?

- 저녁에 같이 식사해요 .
  jo*.nyo*.ge/ga.chi/sik.ssa.he*.yo
  晚上一起用餐吧 。

- 식당에 식사하러 가요 .
  sik.dang.e/sik.ssa.ha.ro*/ga.yo
  去餐館用餐 。

- 지금은 식사 시간입니다 .
  ji.geu.meun/sik.ssa/si.ga.nim.ni.da
  現在是用餐時間 。

相關單字

식사 전　sik.ssa/jo*n　飯前
식사 후　sik.ssa/hu　飯後

시키다
si.ki.da

點餐

例句

- 뭘 시킬까요?
  mwol/si.kil.ga.yo
  我們點什麼菜？

- 비빔밥을 시킵시다.
  bi.bim.ba.beul/ssi.kip.ssi.da
  我們點拌飯吧。

- 더 시킬까요?
  do*/si.kil.ga.yo
  還要再點菜嗎？

- 친구가 냉면을 시켰어요.
  chin.gu.ga/ne*ng.myo*.neul/ssi.kyo*.sso*.yo
  朋友點了冷麵。

- 치킨을 시키지 맙시다.
  chi.ki.neul/ssi.ki.ji/map.ssi.da
  我們不要點炸雞吧。

相關單字

메뉴판 me.nyu.pan 菜單
종업원 jong.o*.bwon 服務生

주문하다
ju.mun.ha.da
點餐、訂貨

例句

● 주문하시겠어요 ?
ju.mun.ha.si.ge.sso*.yo
您要點餐嗎 ?

● 음식을 주문하려고 해요 .
eum.si.geul/jju.mun.ha.ryo*.go/he*.yo
我要點餐。

● 여기 주문 좀 받으세요 .
yo*.gi/ju.mun/jom/ba.deu.se.yo
這裡要點餐。

● 지금 주문해도 될까요 ?
ji.geum/ju.mun.he*.do/dwel.ga.yo
現在可以點餐嗎 ?

● 지금 주문하면 바로 배송해 주나요 ?
ji.geum/ju.mun.ha.myo*n/ba.ro/be*.song.
he*/ju.na.yo
現在訂貨的話，會馬上出貨嗎 ?

相關單字

주문량　ju.mul.lyang　訂貨量
주문서　ju.mun.so*　訂單

배고프다
be*.go.peu.da
肚子餓

例句

- 배고파요.
be*.go.pa.yo
肚子餓了。

- 배고파 죽겠어요.
be*.go.pa/juk.ge.sso*.yo
肚子餓死了。

- 배 안 고파요?
be*/an/go.pa.yo
你肚子不餓嗎?

- 아직 배고프지 않아요.
a.jik/be*.go.peu.ji/a.na.yo
肚子還不餓。

- 배불러요.
be*.bul.lo*.yo
我吃飽了。

相關單字

배가 부르다　be*.ga/bu.reu.da　肚子飽
목이 마르다　mo.gi/ma.reu.da　口渴

Unit3 交通

버스
bo*.seu
公車

例句

제가 버스를 잘못 탔어요 .
je.ga/bo*.seu.reul/jjal.mot.ta.sso*.yo
我搭錯公車了。

시내에 가는 버스 있나요 ?
si.ne*.e/ga.neun/bo*.seu/in.na.yo
有前往市區的公車嗎 ?

버스 타는 곳은 어디에 있어요 ?
bo*.seu/ta.neun/go.seun/o*.di.e/i.sso*.yo
搭公車的地方在哪裡 ?

이 버스 어디까지 가나요 ?
i/bo*.seu/o*.di.ga.ji/ga.na.yo
這班公車會開到哪裡 ?

공항에 가는 버스는 있습니까 ?
gong.hang.e/ga.neun/bo*.seu.neun/it.
sseum.ni.ga
有去機場的公車嗎 ?

相關單字

고속버스 go.sok.bo*.seu 客運
공항버스 gong.hang.bo*.seu 機場巴士

자전거
ja.jo*n.go*
腳踏車

例句

● 자전거를 타다가 넘어졌다 .
ja.jo*n.go*.reul/ta.da.ga/no*.mo*.jo*t.da
騎腳踏車時跌倒了。

● 자전거 빌리는 곳이 어디예요 ?
ja.jo*n.go*/bil.li.neun/go.si/o*.di.ye.yo
租腳踏車的地方在哪裡 ?

會話

● A : 보통 학교에 어떻게 와요 ?
bo.tong/hak.gyo.e/o*.do*.ke/wa.yo
你通常怎麼來學校呢 ?

● B : 자전거로 와요 .
ja.jo*n.go*.ro/wa.yo
我騎腳踏車來。

相關單字

바퀴 ba.kwi 輪子

택시
te*k.ssi
計程車

例句

택시를 불러 주세요 .
te*k.ssi.reul/bul.lo*/ju.se.yo
請幫我叫計程車。

저는 택시 기사입니다 .
jo*.neun/te*k.ssi/gi.sa.im.ni.da
我是計程車司機。

택시를 타고 공항에 갑니다 .
te*k.ssi.reul/ta.go/gong.hang.e/gam.ni.da
搭計程車去機場。

택시로 기차역에 갔어요 .
te*k.ssi.ro/gi.cha.yo*.ge/ga.sso*.yo
搭計程車去火車站了。

택시 타는 곳이 어디예요 ?
te*k.ssi/ta.neun/go.si/o*.di.ye.yo
請問搭計程車的地方在哪裡？

相關單字

일반 택시　il.ban/te*k.ssi　普通計程車
모범 택시　mo.bo*m/te*k.ssi　模範計程車

지하철
ji.ha.cho*l
地鐵

例句

● 제일 가까운 지하철 역이 어디예요 ?
je.il/ga.ga.un/ji.ha.cho*l/yo*.gi/o*.di.ye.yo
請問最近的地鐵站在哪裡？

● 집은 지하철 역에서 가까워요 .
ji.beun/ji.ha.cho*l/yo*.ge.so*/ga.ga.wo.yo
家裡離地鐵站很近。

● 여기서 지하철을 탈 수 있어요 ?
yo*.gi.so*/ji.ha.cho*.reul/tal/ssu/i.sso*.yo
這裡可以搭地鐵嗎？

● 지하철 역에 어떻게 갑니까 ?
ji.ha.cho*l/yo*.ge/o*.do*.ke/gam.ni.ga
地鐵站要怎麼去？

● 지하철 노선도를 주세요 .
ji.ha.cho*l/no.so*n.do.reul/jju.se.yo
請給我地鐵路線圖。

相關單字

호선 ho.so*n 號線
출구 chul.gu 出口

기차
gi.cha
火車

例句

→ 기차가 빠릅니다 .
gi.cha.ga/ba.reum.ni.da
火車很快。

→ 기차로 고향에 갑니다 .
gi.cha.ro/go.hyang.e/gam.ni.da
搭火車回故鄉。

→ 아빠는 기차로 출장 가세요 .
a.ba.neun/gi.cha.ro/chul.jang/ga.se.yo
爸爸搭火車出差。

→ 기차에서 도시락을 먹어요 .
gi.cha.e.so*/do.si.ra.geul/mo*.go*.yo
在火車上吃便當。

→ 기차표 한 장에 얼마예요 ?
gi.cha.pyo/han/jang.e/o*l.ma.ye.yo
火車票一張多少錢？

相關單字

편도표　pyo*n.do.pyo　單程票
왕복표　wang.bok.pyo　往返票

타다
ta.da
搭車

例句

- 뭘 타고 왔어요?
mwol/ta.go/wa.sso*.yo
你搭什麼車來的?

- 버스를 타고 왔어요.
bo*.seu.reul/ta.go/wa.sso*.yo
我搭公車來的。

- 배를 타 본 적이 있어요?
be*.reul/ta/bon/jo*.gi/i.sso*.yo
你有搭過船嗎?

- 자전거 탈 줄 알아요.
ja.jo*n.go*/tal/jjul/a.ra.yo
我會騎腳踏車。

- 이 버스를 타세요.
i/bo*.seu.reul/ta.se.yo
請搭這班公車。

相關單字

말을 타다 ma.reul/ta.da 騎馬
그네를 타다 geu.ne.reul/ta.da 盪鞦韆

내리다
ne*.ri.da
下車

例句

- 버스에서 내렸어요 .
  bo*.seu.e.so*/ne*.ryo*.sso*.yo
  下公車了。

- 여기서 내려 주세요 .
  yo*.gi.so*/ne*.ryo*/ju.se.yo
  請讓我在這裡下車。

- 여기서 내리겠습니다 .
  yo*.gi.so*/ne*.ri.get.sseum.ni.da
  我要在這裡下車。

- 제가 어디서 내려야 해요 ?
  je.ga/o*.di.so*/ne*.ryo*.ya/he*.yo
  我該在哪裡下車？

- 다음 역에서 내리셔야 돼요 .
  da.eum/yo*.ge.so*/ne*.ri.syo*.ya/dwe*.yo
  您必須在下一站下車。

相關單字

비가 내리다
bi.ga/ne*.ri.da　下雨
물가가 내리다
mul.ga.ga/ne*.ri.da　物價下跌

갈아타다
ga.ra.ta.da
換車

例句

● 갈아타는 곳 .
ga.ra.ta.neun/got
換乘處。

● 일호선으로 갈아타세요 .
il.ho.so*.neu.ro/ga.ra.ta.se.yo
請換搭一號線。

● 버스로 갈아타셔야 돼요 .
bo*.seu.ro/ga.ra.ta.syo*.ya/dwe*.yo
您必須換搭公車。

● 어느 역에서 갈아타면 되죠 ?
o*.neu/yo*.ge.so*/ga.ra.ta.myo*n/dwe.jyo
我該在哪一個站換車呢？

● 몇 번 버스로 갈아타야 돼요 ?
myo*t/bo*n/bo*.seu.ro/ga.ra.ta.ya/dwe*.yo
我應該換搭幾號公車？

相關單字

환승하다 hwan.seung.ha.da 換乘、換車
환승역 hwan.seung.yo*k 換乘站

기다리다
gi.da.ri.da
等待

例句

→ 잠깐만 기다려 주세요 .
jam.gan.man/gi.da.ryo*/ju.se.yo
請稍等。

→ 잠시만 기다려 주십시오 .
jam.si.man/gi.da.ryo*/ju.sip.ssi.o
請您稍等一會。

→ 나를 기다리지 마요 .
na.reul/gi.da.ri.ji/ma.yo
不要等我。

→ 15 분정도 기다리실래요 ?
si.bo.bun.jo*ng.do/gi.da.ri.sil.le*.yo
您願意等 15 分鐘左右嗎 ?

→ 여기에 앉아서 기다리세요 .
yo*.gi.e/an.ja.so*/gi.da.ri.se.yo
請坐在這裡等。

相關單字

버스를 기다리다
bo*.seu.reul/gi.da.ri.da　等公車

표

pyo

票

例句

● 표 사는 곳이 어디예요 ?
pyo/sa.neun/go.si/o*.di.ye.yo
買票的地方在哪裡？

● 지하철 표는 어디서 사요 ?
ji.ha.cho*l/pyo.neun/o*.di.so*/sa.yo
地鐵票要在哪裡買？

● 기차표를 어떻게 사요 ?
gi.cha.pyo.reul/o*.do*.ke/sa.yo
火車票要怎麼買？

● 나한테 영화표 두 장이 있어요 .
na.han.te/yo*ng.hwa.pyo/du/jang.i/i.sso*.
yo
我有兩張電影票。

● 어른표 두 장 주세요 .
o*.reun/pyo/du/jang/ju.se.yo
請給我兩張全票。

相關單字

매표소 me*.pyo.so 售票口
매표원 me*.pyo.won 售票員

길
gil
路

例句

- 길이 막혔어요 .
  gi.ri/ma.kyo*.sso*.yo
  塞車了。

- 길을 건너세요 .
  gi.reul/go*n.no*.se.yo
  請過馬路。

- 길을 잃었어요 .
  gi.reul/i.ro*.sso*.yo
  迷路了。

- 길 건너편에 우체국이 있어요 .
  gil/go*n.no*.pyo*.ne/u.che.gu.gi/i.sso*.yo
  馬路對面有郵局。

- 길에서 친구를 만났어요 .
  gi.re.so*/chin.gu.reul/man.na.sso*.yo
  在路上遇到了朋友。

相關單字

도로　do.ro　道路
길거리　gil.go*.ri　大街、街道

어디
o*.di
哪裡

例句

● 어디로 가세요 ?
o*.di.ro/ga.se.yo
您要去哪裡 ?

● 여기는 어디예요 ?
yo*.gi.neun/o*.di.ye.yo
這裡是哪裡 ?

● 화장실이 어디입니까 ?
hwa.jang.si.ri/o*.di.im.ni.ga
廁所在哪裡 ?

● 은행은 어디에 있어요 ?
eun.he*ng.eun/o*.di.e/i.sso*.yo
銀行在哪裡 ?

● 약을 어디서 구할 수 있어요 ?
ya.geul/o*.di.so*/gu.hal/ssu/i.sso*.yo
哪裡可以拿到藥 ?

相關單字

무엇 mu.o*t 什麼
누구 nu.gu 誰

오른쪽
o.reun.jjok
右邊

例句

오른쪽으로 도세요 .
o.reun.jjo.geu.ro/do.se.yo
請右轉。

내리실 문은 오른쪽입니다 .
ne*.ri.sil/mu.neun/o.reun.jjo.gim.ni.da
下車的門在右邊。

식당 오른쪽에 옷가게가 있어요 ?
sik.dang/o.reun.jjo.ge/ot.ga.ge.ga/i.sso*.yo
餐廳右邊有服飾店嗎？

다음 사거리에서 오른쪽으로 가세요 .
da.eum/sa.go*.ri.e.so*/o.reun.jjo.geu.ro/ga.
se.yo
請在下個十字路口右轉。

책상은 침대 오른쪽에 있어요 .
che*k.ssang.eun/chim.de*/o.reun.jjo.ge/i.
sso*.yo
書桌在床的右邊。

相關單字

우측 u.cheuk 右側
우회전 u.hwe.jo*n 右轉

왼쪽
wen.jjok
左邊

例句

- 왼쪽으로 가세요 .
wen.jjo.geu.ro/ga.se.yo
請向左轉。

- 좌회전하세요 .
jwa.hwe.jo*n.ha.se.yo
請左轉。

- 왼쪽으로 도세요 .
wen.jjo.geu.ro/do.se.yo
請左轉。

- 친구가 내 왼쪽에 앉아요 .
chin.gu.ga/ne*/wen.jjo.ge/an.ja.yo
朋友坐在我的左邊。

- 왼쪽으로 가면 바로 학교예요 .
wen.jjo.geu.ro/ga.myo*n/ba.ro/hak.gyo.ye.
yo
左轉就是學校了。

相關單字

좌측 jwa.cheuk 左側
좌회전 jwa.hwe.jo*n 左轉

위치
wi.chi
位置、地方

例句

위험한 위치 .
wi.ho*m.han/wi.chi
危險的位置。

위치를 옮겨요 .
wi.chi.reul/om.gyo*.yo
換地方。

집 위치가 안 좋습니다 .
jip/wi.chi.ga/an/jo.sseum.ni.da
房子的位置不好。

이 지도에서 제가 있는 위치는 어딥니까 ?
i/ji.do.e.so*/je.ga/in.neun/wi.chi.neun/o*.
dim.ni.ga
我在這張地圖的哪個位置？

이 공장 위치는 어디에 있는지 알아요 ?
i/gong.jang/wi.chi.neun/o*.di.e/in.neun.ji/
a.ra.yo
你知道這間工廠的位置在哪裡嗎？

相關單字

자리 ja.ri 坐位、位置
곳 got 地點、處

멀다
mo*l.da
遠

會話一

● A : 거기까지 멉니까？
go*.gi.ga.ji/mo*m.ni.ga
到那裡遠嗎？

● B : 조금 멉니다 . 버스를 타세요 .
jo.geum/mo*m.ni.da//bo*.seu.reul/ta.se.yo
有點遠，請搭公車。

會話二

● A : 호텔에서 지하철역까지 멀어요？
ho.te.re.so*/ji.ha.cho*.ryo*k.ga.ji/mo*.ro*.yo
從飯店到地鐵很遠嗎？

● B : 안 멀어요 . 걸어서 5 분정도예요 .
an/mo*.ro*.yo//go*.ro*.so*/o.bun.jo*ng.do.
ye.yo
不遠，走路約五分鐘。

例句

멀지 않아요 .
mo*l.ji/a.na.yo
不遠。

매우 멀어요 .
me*.u/mo*.ro*.yo
很遠。

가깝다
ga.gap.da
近

會話一

A : 거기까지 가깝나요?
go*.gi.ga.ji/ga.gam.na.yo
到那裡近嗎?

B : 네, 가까워요.
ne//ga.ga.wo.yo
是的,很近。

會話二

A : 여기서 남산공원까지 가까워요?
yo*.gi.so*/nam.san.gong.won.ga.ji/ga.ga.wo.
yo
從這裡到南山公園很近嗎?

B : 안 가까워서 택시 타는 게 좋아요.
an/ga.ga.wo.so*/te*k.ssi/ta.neun/ge/jo.a.yo
不近,最好是搭計程車。

例句

매우 가깝습니다.
me*.u/ga.gap.sseum.ni.da
很近。

가깝지 않아요.
ga.gap.jji/a.na.yo
不近。

Unit4 飯店

호텔
ho.tel
飯店

例句

● 우리 호텔에 가요.
u.ri/ho.te.re/ga.yo
我們去飯店吧。

● 호텔에 어떻게 갑니까?
ho.te.re/o*.do*.ke/gam.ni.ga
飯店要怎麼去?

● 호텔은 어디에 있어요?
ho.te.reun/o*.di.e/i.sso*.yo
飯店在哪裡?

● 값이 싼 호텔은 없나요?
gap.ssi/ssan/ho.te.reun/o*m.na.yo
沒有便宜的飯店嗎?

相關單字

호스텔 ho.seu.tel 青年旅社
여관 yo*.gwan 旅館

체크인
che.keu.in
入住手續

例句

● 지금 체크인하고 싶습니다 .
ji.geum/che.keu.in.ha.go/sip.sseum.ni.da
我現在要入住。

● 체크아웃 하겠습니다 .
che.keu.a.ut/ha.get.sseum.ni.da
我要退房。

會話

A : 체크인 시간이 어떻게 됩니까 ?
che.keu.in/si.ga.ni/o*.do*.ke/dwem.ni.ga
入住時間是幾點 ?

B : 체크인 시간은 오후 2 시입니다 .
che.keu.in/si.ga.neun/o.hu/du.si.im.ni.da
入住時間是下午兩點。

相關單字

체크아웃　che.keu.a.ut　退房手續

로비
ro.bi
大廳

例句

● 로비 소파가 편해요 .
ro.bi/so.pa.ga/pyo*n.he*.yo
大廳的沙發很舒服。

● 로비에 관광객들이 많아요 .
ro.bi.e/gwan.gwang.ge*k.deu.ri/ma.na.yo
大廳有很多觀光客。

● 짐들은 로비에 있어요 .
jim.deu.reun/ro.bi.e/i.sso*.yo
行李都在大廳。

● 친구가 로비로 내려 갔어요 .
chin.gu.ga/ro.bi.ro/ne*.ryo*/ga.sso*.yo
朋友下去大廳了。

● 한국친구가 호텔 로비에 와 있어요 .
han.guk.chin.gu.ga/ho.tel/ro.bi.e/wa/i.sso*.
yo
韓國朋友來到飯店大廳了。

相關單字

대문　de*.mun　大門
비상 출구　bi.sang/chul.gu　緊急出口

묵다
muk.da
住

例句

- 서울 호텔에 묵을 것입니다 .
so*.ul/ho.te.re/mu.geul/go*.sim.ni.da
我要住首爾飯店。

- 어디에 머무를 예정입니까 ?
o*.di.e/mo*.mu.reul/ye.jo*ng.im.ni.ga
你打算住在哪裡 ?

- 하루 묵으려고 합니다 .
ha.ru/mu.geu.ryo*.go/ham.ni.da
打算住一天。

- 명동에 있는 호스텔에 묵을 예정입니다 .
myo*ng.dong.e/in.neun/ho.seu.te.re/mu.
geul/ye.jo*ng.im.ni.da
預計會住在位於明洞的青年旅館。

- 잠은 어디서 잡니까 ?
ja.meun/o*.di.so*/jam.ni.ga
你要睡哪裡 ?

相關單字

머무르다 mo*.mu.reu.da 待、停留
숙박하다 suk.ba.ka.da 住宿、入住

방
bang
房間

例句

- 방에 책상이 있어요 .
  bang.e/che*k.ssang.i/i.sso*.yo
  房間有書桌。

- 우리 집에 방 두 개 있어요 .
  u.ri/ji.be/bang/du/ge*/i.sso*.yo
  我家有兩間房間。

- 빈 방이 있습니까 ?
  bin/bang.i/it.sseum.ni.ga
  有空房嗎 ?

- 방에서 뭐해요 ?
  bang.e.so*/mwo.he*.yo
  你在房間做什麼 ?

- 방에서 자요 .
  bang.e.so*/ja.yo
  我在房間睡覺。

相關單字

객실 ge*k.ssil   客房
방 번호 bang/bo*n.ho   房間號碼

싱글룸
sing.geul.lum
單人房

例句

→ 싱글룸이 있나요 ?
sing.geul.lu.mi/in.na.yo
有單人房嗎 ?

→ 저는 싱글룸을 예약하려고 합니다 .
jo*.neun/sing.geul.lu.meul/ye.ya.ka.ryo*.go/
ham.ni.da
我想訂單人房。

→ 싱글룸으로 예약해 주세요 .
sing.geul.lu.meu.ro/ye.ya.ke*/ju.se.yo
請幫我訂單人房。

→ 싱글룸은 하루에 얼마입니까 ?
sing.geul.lu.meun/ha.ru.e/o*l.ma.im.ni.ga
單人房一天多少錢 ?

→ 싱글룸은 하루에 사만원입니다 .
sing.geul.lu.meun/ha.ru.e/sa.ma.nwo.nim.
ni.da
單人房一天四萬韓幣。

相關單字

일인실 i.rin.sil 單人房
이인실 i.in.sil 雙人房

더블룸
do*.beul.lum
雙人房

例句

● 더블룸이 필요합니다 .
do*.beul.lu.mi/pi.ryo.ham.ni.da
我需要雙人房。

● 더블룸을 원합니다 .
do*.beul.lu.meul/won.ham.ni.da
我希望是雙人房。

● 더블룸은 아직 있습니까 ?
do*.beul.lu.meun/a.jik/it.sseum.ni.ga
還有雙人房嗎 ?

● 더블룸으로 주세요 .
do*.beul.lu.meu.ro/ju.se.yo
請給我雙人房。

● 값이 싼 더블룸이 있어요 ?
gap.ssi/ssan/do*.beul.lu.mi/i.sso*.yo
有價格便宜的雙人房嗎 ?

相關單字

룸 rum 房間
빈방 bin.bang 空房

엘리베이터
el.li.be.i.to*

電梯

例句

엘리베이터를 타세요 .
el.li.be.i.to*.reul/ta.se.yo
請搭電梯。

엘리베이터를 이용하세요 .
el.li.be.i.to*.reul/i.yong.ha.se.yo
請搭乘電梯。

엘리베이터는 어디예요 ?
el.li.be.i.to*.neun/o*.di.ye.yo
電梯在哪裡 ?

엘리베이터 안에 이상한 사람이 있어요 .
el.li.be.i.to*/a.ne/i.sang.han/sa.ra.mi/i.sso*.
yo
電梯裡面有奇怪的人。

엘리베이터가 고장났어요 .
el.li.be.i.to*.ga/go.jang.na.sso*.yo
電梯故障了。

相關單字

에스컬레이터　e.seu.ko*l.le.i.to*　電扶梯

층
cheung
樓、層

例句

교실은 몇 층에 있습니까 ?
gyo.si.reun/myo*t/cheung.e/it.sseum.ni.ga
教室在幾樓？

빌딩 60 층에 전망대가 있어요 .
bil.ding/yuk.ssip.cheung.e/jo*n.mang.de*.ga
/i.sso*.yo
在大樓的 60 樓有瞭望台。

會話

A : 우리 집은 15 층에 있습니다 .
u.ri/ji.beun/si.bo.cheung.e/it.sseum.ni.da
我家在 15 樓。

B : 야경을 볼 수 있겠네요 .
ya.gyo*ng.eul/bol/su/it.gen.ne.yo
可以看夜景吧。

相關單字

계단　gye.dan　樓梯
옥상　ok.ssang　屋頂

국제전화
guk.jje.jo*n.hwa
國際電話

例句

- 국제전화를 걸어요 .
  guk.jje.jo*n.hwa.reul/go*.ro*.yo
  打國際電話。

- 국제전화를 할 수 있습니까 ?
  guk.jje.jo*n.hwa.reul/hal/ssu/it.sseum.ni.ga
  可以打國際電話嗎 ?

- 국제전화를 하려고 합니다 .
  guk.jje.jo*n.hwa.reul/ha.ryo*.go/ham.ni.da
  我想打國際電話。

會話

- A : 어디에 전화하시겠습니까 ?
  o*.di.c/jo*n.hwa.ha.si.get.sseum.ni.ga
  您要打去哪裡呢 ?

- B : 대만에 전화하려고 합니다 .
  de*.ma.ne/jo*n.hwa.ha.ryo*.go/ham.ni.da
  我想打到台灣。

相關單字

전화번호 jo*n.hwa.bo*n.ho   電話號碼

열쇠
yo*l.swe
鑰匙

例句

- 열쇠를 주세요 .
  yo*l.swe.reul/jju.se.yo
  請給我鑰匙。

- 열쇠를 잃어 버렸어요 .
  yo*l.swe.reul/i.ro*/bo*.ryo*.sso*.yo
  我把鑰匙弄丟了。

- 열쇠를 못 찾았어요 .
  yo*l.swe.reul/mot/cha.ja.sso*.yo
  找不到鑰匙。

- 열쇠고리 하나 샀어요 .
  yo*l.swe.go.ri/ha.na/sa.sso*.yo
  買了一個鑰匙圈。

- 열쇠는 가방에 있어요 .
  yo*l.swe.neun/ga.bang.e/i.sso*.yo
  鑰匙在包包裡。

相關單字

열쇠 꾸러미　yo*l.swe/gu.ro*.mi　鑰匙串

침대
chim.de*
床

例句

- 침대 두 개 있어요 .
  chim.de*/du/ge*/i.sso*.yo
  有兩張床。

- 빨리 침대에서 일어나요 .
  bal.li/chim.de*.e.so*/i.ro*.na.yo
  快從床上起來。

- 침대를 새로 사야겠어요 .
  chim.de*.reul/sse*.ro/sa.ya.ge.sso*.yo
  該買張新床了。

- 침대에 누워서 책을 봐요 .
  chim.de*.e/nu.wo.so*/che*.geul/bwa.yo
  躺在床上看書。

- 침대 위에 곰인형이 하나 있어요 .
  chim.de*/wi.e/go.min.hyo*ng.i/ha.na/i.sso*.
  yo
  床上有一隻熊娃娃。

相關單字

더블침대 do*.beul.chim.de* 雙人床
이층침대 i.cheung.chim.de* 上下鋪

이불
i.bul
棉被

例句

● 이불이 더럽습니다 .
i.bu.ri/do*.ro*p.sseum.ni.da
棉被很髒。

● 이불이 깨끗해요 .
i.bu.ri/ge*.geu.te*.yo
棉被乾淨。

● 이불을 덮어요 .
i.bu.reul/do*.po*.yo
蓋棉被。

● 이불을 같이 덮자 .
i.bu.reul/ga.chi/do*p.jja
一起蓋棉被吧。

● 왜 이불 안 덮어요 ?
we*/i.bul/an/do*.po*.yo
你為什麼不蓋棉被？

相關單字

솜이불　som.ni.bul　棉被

베개
be.ge*
枕頭

例句

- 베개가 없어요 .
  be.ge*.ga/o*p.sso*.yo
  沒有枕頭。

- 흰 베개가 좋아요 .
  hin/be.ge*.ga/jo.a.yo
  我喜歡白色的枕頭。

- 엄마 손을 베개로 삼아요 .
  o*m.ma/so.neul/be.ge*.ro/sa.ma.yo
  把媽媽的手當作是枕頭。

- 침대에 베개가 두 개 있어요 .
  chim.de*.e/be.ge*.ga/du/ge*/i.sso*.yo
  床上有兩個枕頭。

- 귀여운 베개커버를 사요 .
  gwi.yo*.un/be.ge*.ko*.bo*.reul/ssa.yo
  買可愛的枕頭套。

相關單字

베개커버　be.ge*.ko*.bo*　枕頭套
건강베개　go*n.gang.be.ge*　健康枕

수건
su.go*n
毛巾

例句

- 수건 하나 더 주시겠어요 ?
  su.go*n/ha.na/do*/ju.si.ge.sso*.yo
  可以再給我一條毛巾嗎 ?

- 수건은 깨끗하지 않아요 .
  su.go*.neun/ge*.geu.ta.ji/a.na.yo
  毛巾不乾淨。

- 내 수건은 어디 있지 ?
  ne*/su.go*.neun/o*.di/it.jji
  我的毛巾在哪裡 ?

- 이 수건은 누구 거예요 ?
  i/su.go*.neun/nu.gu/go*.ye.yo
  這個毛巾是誰的 ?

- 내 수건 좀 가져 와요 .
  ne*/su.go*n/jom/ga.jo*/wa.yo
  把我的毛巾拿來。

相關單字

손수건　son.su.go*n　手帕

욕실
yok.ssil
浴室

例句

- 욕실을 청소해라 .
  yok.ssi.reul/cho*ng.so.he*.ra
  打掃浴室。

- 욕실이 넓어요 .
  yok.ssi.ri/no*p.o*.yo
  浴室很大。

- 욕실이 있는 방으로 주세요 .
  yok.ssi.ri/in.neun/bang.eu.ro/ju.se.yo
  請給我有浴室的房間。

- 욕실에 휴지가 없어요 .
  yok.ssi.re/hyu.ji.ga/o*p.sso*.yo
  浴室沒有衛生紙。

- 어머니가 욕실에 계세요 .
  o*.mo*.ni.ga/yok.ssi.re/gye.se.yo
  媽媽在浴室。

相關單字

화장실　hwa.jang.sil　化妝室、廁所
목욕실　mo.gyok.ssil　浴室、澡堂

변기
byo*n.gi
馬桶

例句

- 변기 뚫는 방법 .
  byo*n.gi/dul.leun/bang.bo*p
  通馬桶的方法。

- 변기가 막혔어요 .
  byo*n.gi.ga/ma.kyo*.sso*.yo
  馬桶堵塞了。

- 화장실 변기에 세균이 많다 .
  hwa.jang.sil/byo*n.gi.e/se.gyu.ni/man.ta
  廁所的馬桶上有很多細菌。

- 변기에 휴지를 버리지 마세요 .
  byo*n.gi.e/hyu.ji.reul/bo*.ri.ji/ma.se.yo
  不要把衛生紙丟入馬桶。

- 변기뚜껑을 닫고 물을 내려주세요 .
  byo*n.gi.du.go*ng.eul/dat.go/mu.reul/ne*.
  ryo*.ju.se.yo
  請先把馬桶蓋蓋上後再沖水。

相關單字

대변　de*.byo*n　大便
소변　so.byo*n　小便

냉장고
ne*ng.jang.go
冰箱

例句

- 냉장고가 필요해요 .
  ne*ng.jang.go.ga/pi.ryo.he*.yo
  我需要冰箱。

- 냉장고에서 소리가 나요 .
  ne*ng.jang.go.e.so*/so.ri.ga/na.yo
  從冰箱發出聲音。

- 냉장고를 고쳐 주세요 .
  ne*ng.jang.go.reul/go.cho*/ju.se.yo
  請幫我修冰箱。

- 냉장고에 아이스크림이 있어요 ?
  ne*ng.jang.go.e/a.i.seu.keu.ri.mi/i.sso*.yo
  冰箱裡有冰淇淋嗎?

- 중고 냉장고를 구입하려고 합니다 .
  jung.go/ne*ng.jang.go.reul/gu.i.pa.ryo*.go/
  ham.ni.da
  我想購入中古冰箱。

相關單字

대형냉장고
de*.hyo*ng.ne*ng.jang.go　大型冰箱
김치냉장고
gim.chi.ne*ng.jang.go　泡菜冰箱

옷장
ot.jjang
衣櫃

例句

● 옷장이 너무 낡아요 .
ot.jjang.i/no*.mu/nal.ga.yo
衣櫃太老舊了。

● 옷들은 옷장에 있습니다 .
ot.deu.reun/ot.jjang.e/it.sseum.ni.da
衣服在衣櫃裡。

● 옷장 좀 정리해요 .
ot.jjang/jom/jo*ng.ni.he*.yo
請整理衣櫃。

● 옷장에 곰팡이가 생겼는데요 .
ot.jjang.e/gom.pang.i.ga/se*ng.gyo*n.neun.
de.yo
衣櫃發霉了。

● 옷장 안에 아무것도 없네요 .
ot.jjang/a.ne/a.mu.go*t.do/o*m.ne.yo
衣櫃裡什麼都沒有呢！

相關單字

신발장　sin.bal.jjang　鞋櫃
TV 장　tv.jang　電視櫃

아침식사
a.chim.sik.ssa
早餐

例句

● 아침식사 뭐 드셨나요 ?
a.chim.sik.ssa/mwo/deu.syo*n.na.yo
早餐您吃了什麼 ?

● 우리는 같이 아침식사를 했어요 .
u.ri.neun/ga.chi/a.chim.sik.ssa.reul/he*.
sso*.yo
我們一起吃了早餐。

● 아침식사는 어디서 먹을 수 있어요 ?
a.chim.sik.ssa.neun/o*.di.so*/mo*.geul/ssu
/i.sso*.yo
哪裡可以吃到早餐 ?

● 숙박비에 아침식사도 포함되어 있나요 ?
suk.bak.bi.e/a.chim.sik.ssa.do/po.ham.dwe.
o*/in.na.yo
住宿費有包含早餐嗎 ?

● 아침식사는 하루 중 가장 중요한 식사입니다 .
a.chim.sik.ssa.neun/ha.ru/jung/ga.jang/
jung.yo.han/sik.ssa.im.ni.da
早餐是一天中最重要的一餐。

相關單字

점심식사　jo*m.sim.sik.ssa　午餐
저녁식사　jo*.nyo*k.ssik.ssa　晚餐

예약하다
ye.ya.ka.da
預約、預訂

例句

● 호텔 좀 예약해 주세요.
ho.tel/jom/ye.ya.ke*/ju.se.yo
請幫我訂飯店。

● 예약은 하지 않았습니다.
ye.ya.geun/ha.ji/a.nat.sseum.ni.da
我沒有預約。

● 어디서 렌트카 예약을 할 수 있나요?
o*.di.so*/ren.teu.ka/ye.ya.geul/hal/ssu/in.na.yo
哪裡可以預約租車?

● 방을 예약하고 싶습니다.
bang.eul/ye.ya.ka.go/sip.sseum.ni.da
我想訂房間。

● 인터넷으로 예약하세요.
in.to*.ne.seu.ro/ye.ya.ka.se.yo
請上網預約。

相關單字

예약석　ye.yak.sso*k　訂位席
예약금　ye.yak.geum　訂金

취소하다
chwi.so.ha.da
取消

例句

● 예약을 취소하십시오 .
ye.ya.geul/chwi.so.ha.sip.ssi.o
請取消預約。

● 계약을 취소합시다 .
gye.ya.geul/chwi.so.hap.ssi.da
我們取消契約吧。

● 여행 계획을 취소할까요 ?
yo*.he*ng/gye.hwe.geul/chwi.so.hal.ga.yo
我們要不要取消旅行計畫？

● 약속을 취소하기로 했어요 .
yak.sso.geul/chwi.so.ha.gi.ro/he*.sso*.yo
決定取消約定了。

● 갑자기 일이 생겼는데 약속을 취소해도
될까요 ?
gap.jja.gi/i.ri/se*ng.gyo*n.neun.de/yak.sso.
geul/chwi.so.he*.do/dwel.ga.yo
我突然有事，可以取消約定嗎？

相關單字

제거하다 je.go*.ha.da 去除、消除

비용
bi.yong
費用

例句

- 비용이 많이 들어요.
  bi.yong.i/ma.ni/deu.ro*.yo
  花費很多。

- 비용이 얼마입니까?
  bi.yong.i/o*l.ma.im.ni.ga
  費用多少錢?

- 출장비 얼마예요?
  chul.jang.bi/o*l.ma.ye.yo
  出差費多少錢?

- 코 수술 비용이 대략 얼마예요?
  ko/su.sul/bi.yong.i/de*.ryak/o*l.ma.ye.yo
  整鼻子的手術費用大概是多少呢?

- 배낭여행 비용은 마련해 두었어요.
  be*.nang.yo*.he*ng/bi.yong.eun/ma.ryo*n.
  he*/du.o*.sso*.yo
  自由行的費用都準備好了。

相關單字

요금　yo.geum　費用
수수료　su.su.ryo　手續費

Unit5 首爾市區

경찰서
gyo*ng.chal.sso*
警察局

例句

- 경찰서에 신고하세요 .
gyo*ng.chal.sso*.e/sin.go.ha.se.yo
向警察局報案吧。

- 아저씨는 경찰서에서 일하세요 .
a.jo*.ssi.neun/gyo*ng.chal.sso*.e.so*/il.ha.
se.yo
大叔在警察局上班。

- 근처에 경찰서가 있습니까 ?
geun.cho*.e/gyo*ng.chal.sso*.ga/it.sseum.ni.
ga
附近有警察局嗎 ?

- 경찰서 앞에 경찰차 한 대 있어요 .
gyo*ng.chal.sso*/a.pe/gyo*ng.chal.cha/han/
de*/i.sso*.yo
警察局前面有一台警車。

- 지갑을 잃어버려서 경찰서에 갔어요 .
ji.ga.beul/i.ro*.bo*.ryo*.so*/gyo*ng.chal.sso*.
e/ga.sso*.yo
因為把皮夾弄丟，所以去了警察局。

우체국
u.che.guk
郵局

會話

● A : 우체국에 잠깐 들를까요?
u.che.gu.ge/jam.gan/deul.leul.ga.yo
我們暫時去一下郵局好嗎?

● B : 좋아요. 나도 엽서를 부치고 싶어요.
jo.a.yo//na.do/yo*p.sso*.reul/bu.chi.go/si.po*.yo
好啊,我也想寄明信片。

例句

● 호텔 근처에 우체국이 있나요?
ho.tel/geun.cho*.e/u.che.gu.gi/in.na.yo
飯店附近有郵局嗎?

● 우체국에 가서 소포를 보내요.
u.che.gu.ge/ga.so*/so.po.reul/bo.ne*.yo
去郵局寄包裹。

相關單字

우체통 u.che.tong 郵筒
우표 u.pyo 郵票

소포
so.po
包裹

例句

형이 소포를 보내러 우체국에 가요 .
hyo*ng.i/so.po.reul/bo.ne*.ro*/u.che.gu.ge/
ga.yo
哥哥去郵局寄包裹。

이 소포는 대만으로 보내 주세요 .
i/so.po.neun/de*.ma.neu.ro/bo.ne*/ju.se.yo
這個包裹請幫我寄到台灣。

會話

A : 소포 내용물은 뭐예요 ?
so.po/ne*.yong.mu.reun/mwo.ye.yo
包裹內容物是什麼？

B : 옷들하고 책들입니다 .
ot.deul.ha.go/che*k.deu.rim.ni.da
是一些衣服和書籍。

相關單字

우편물 u.pyo*n.mul 郵件
짐 jim 行李

상자
sang.ja
箱子

例句

- 빈 상자가 있어요 ?
  bin/sang.ja.ga/i.sso*.yo
  有空箱子嗎？

- 상자 안에 뭐가 들어 있어요 ?
  sang.ja/a.ne/mwo.ga/deu.ro*/i.sso*.yo
  箱子裡面裝有什麼？

- 아침에 택배상자 하나 받았어요 .
  a.chi.me/te*k.be*.sang.ja/ha.na/ba.da.sso*.
  yo
  早上收到了一個快遞箱子。

- 여기서 종이상자를 구할 수 있어요 ?
  yo*.gi.so*/jong.i.sang.ja.reul/gu.hal/ssu/i.
  sso*.yo
  這裡可以取得紙箱嗎？

- 라면하고 과자들을 상자 안에 넣었어요 .
  ra.myo*n.ha.go/gwa.ja.deu.reul/ssang.ja/a.
  ne/no*.o*.sso*.yo
  把泡麵和餅乾放入箱子裡了。

相關單字

박스 bak.sseu 箱、盒
투명테이프 tu.myo*ng.te.i.peu 透明膠帶

은행
eun.he*ng
銀行

例句

● 돈 찾으러 은행에 가요 .
don/cha.jeu.ro*/eun.he*ng.e/ga.yo
去銀行領錢。

● 은행에서 일해요 .
eun.he*ng.e.so*/il.he*.yo
在銀行工作。

● 은행에 가서 돈을 바꿔요 .
eun.he*ng.e/ga.so*/do.neul/ba.gwo.yo
去銀行換錢。

● 건물 지하 일층에 은행이 있어요 .
go*n.mul/ji.ha/il.cheung.e/eun.he*ng.i/i.
sso*.yo
建築物地下一樓有銀行。

● 은행은 남대문로 5 가에 위치하고 있어요 .
eun.he*ng.eun/nam.de*.mul.lo/o.ga.e/wi.
chi.ha.go/i.sso*.yo
銀行位於南大門路五街上。

相關單字

환전하다　hwan.jo*n.ha.da　換錢

환전
hwan.jo*n
換錢

例句

● 이 근처에 환전소가 있습니까 ？
i/geun.cho*.e/hwan.jo*n.so.ga/it.sseum.ni.
ga
這附近有換錢所嗎？

● 환전 수수료가 얼마예요 ？
hwan.jo*n/su.su.ryo.ga/o*l.ma.ye.yo
換錢的手續費多少錢？

● 여기서 환전을 할 수 있어요 ？
yo*.gi.so*/hwan.jo*.neul/hal/ssu/i.sso*.yo
這裡可以換錢嗎？

會話

● A : 달러를 한국돈으로 환전해 주세요 .
dal.lo*.reul/han.guk.do.neu.ro/hwan.jo*n.
he*/ju.se.yo
請幫我把美金換成韓幣。

● B : 얼마를 환전하시겠어요 ？
o*l.ma.reul/hwan.jo*n.ha.si.ge.sso*.yo
您要換多少錢？

相關單字

환율　hwa.nyul　匯率

미용실
mi.yong.sil
美容院

會話

● A : 머리 잘랐군요 . 어디서 했어요 ?
mo*.ri/jal.lat.gu.nyo//o*.di.so*/he*.sso*.yo
你剪頭髮了呢！在哪裡剪的？

● B : 대학로 근처의 미용실에서 했어요 .
de*.hang.no/geun.cho*.ui/mi.yong.si.re.so*/
he*.sso*.yo
我在大學路附近的美容院剪的。

例句

● 호텔 안에 미장원이 있습니다 .
ho.tel/a.ne/mi.jang.wo.ni/it.sseum.ni.da
飯店裡面有美容院。

● 여기는 인기 있는 헤어샵이에요 .
yo*.gi.neun/in.gi/in.neun/he.o*.sya.bi.e.yo
這裡是很有名的美髮廳。

相關單字

헤어샵　he.o*.syap　美髮廳
미장원　mi.jang.won　美容院

215

머리
mo*.ri
頭髮、頭

例句

● 머리 염색을 하고 싶습니다 .
mo*.ri/yo*m.se*.geul/ha.go/sip.sseum.ni.da
我想染髮。

● 앞머리를 조금만 더 잘라 주세요 .
am.mo*.ri.reul/jjo.geum.man/do*/jal.la/ju.
se.yo
瀏海再幫我剪短一點。

● 머리를 깨끗이 감았어요 .
mo*.ri.reul/ge*.geu.si/ga.ma.sso*.yo
頭髮洗乾淨了。

● 머리가 아파요 .
mo*.ri.ga/a.pa.yo
頭痛。

● 머리가 잘 돌아가는군요 .
mo*.ri.ga/jal/do.ra.ga.neun.gu.nyo
你頭腦真靈光。

相關單字

헤어스타일 he.o*.seu.ta.il 髮型

병원
byo*ng.won
醫院

例句

● 병원에 가서 검사해 봤어요 ?
byo*ng.wo.ne/ga.so*/go*m.sa.he*/bwa.sso*.
yo
你去醫院檢查過了嗎 ?

● 저를 병원으로 좀 데려다 주시겠어요 ?
jo*.reul/byo*ng.wo.neu.ro/jom/de.ryo*.da/
ju.si.ge.sso*.yo
可以帶我到醫院去嗎 ?

會話

● A : 할머니는 지금 어디에 계세요 ?
hal.mo*.ni.neun/ji.geum/o*.di.e/gye.se.yo
奶奶現在在哪裡 ?

● B : 지금 병원에 계세요 .
ji.geum/byo*ng.wo.ne/gye.se.yo
現在在醫院。

相關單字

입원하다　i.bwon.ha.da　住院
퇴원하다　twe.won.ha.da　出院

감기
gam.gi
感冒

會話

A : 저 감기에 걸렸어요 .
jo*/gam.gi.e/go*l.lyo*.sso*.yo
我感冒了。

B : 열이 있습니까 ?
yo*.ri/it.sseum.ni.ga
有發燒嗎 ?

A : 열은 없지만 기침을 많이 해요 .
yo*.reun/o*p.jji.man/gi.chi.meul/ma.ni/he*.
yo
雖然沒有發燒，但是一直咳嗽。

B : 이 약을 드시고 집에서 푹 쉬세요 .
i/ya.geul/deu.si.go/ji.be.so*/puk/swi.se.yo
這個藥吃了之後，好好在家休息。

例句

감기약 좀 주세요 .
gam.gi.yak/jom/ju.se.yo
請給我感冒藥。

약국
yak.guk
藥局

例句

약국에 가서 약을 살까요 ?
yak.gu.ge/ga.so*/ya.geul/ssal.ga.yo
要不要去藥局買藥 ?

약국에서 감기약을 샀어요 .
yak.gu.ge.so*/gam.gi.ya.geul/ssa.sso*.yo
在藥局買了感冒藥。

會話

A : 이 근처에 약국은 있어요 ?
i/geun.cho*.e/yak.gu.geun/i.sso*.yo
這附近有藥局嗎 ?

B : 이 길로 쭉 가면 약국이 하나 있어요 .
i/gil.lo/jjuk/ga.myo*n/yak.gu.gi/ha.na/i.
sso*.yo
延著這條路一直走 , 有一間藥局。

相關單字

알약 a.ryak 藥丸
물약 mul.lyak 藥水

약
yak

藥

例句

● 두통약을 사고 싶어요 .
du.tong.ya.geul/ssa.go/si.po*.yo
我想買頭痛的藥。

● 감기에 좋은 약 좀 주세요 .
gam.gi.e/jo.eun/yak/jom/ju.se.yo
請給我治感冒不錯的藥。

● 약에 대해 알레르기 증상이 있어요 ?
ya.ge/de*.he*/al.le.reu.gi/jeung.sang.i/i.
sso*.yo
你對藥有過敏症狀嗎？

● 약 하루에 몇 번 먹습니까 ?
yak/ha.ru.e/myo*t/bo*n/mo*k.sseum.ni.ga
藥一天要吃幾次？

● 식후에 한 알 복용하세요 .
si.ku.e/han/al/bo.gyong.ha.se.yo
飯後請服用一粒。

相關單字

반창고　ban.chang.go　ok 繃
멀미약　mo*l.mi.yak　暈車藥

성형수술
so*ng.hyo*ng.su.sul
整型手術

例句

● 너 코수술 했지?
no*/ko.su.sul/he*t.jji
你有整鼻子吧?

● 성형수술을 받고 싶습니다.
so*ng.hyo*ng.su.su.reul/bat.go/sip.sseum.
ni.da
我想整型。

● 눈성형 비용이 대략 얼마예요?
nun.so*ng.hyo*ng/bi.yong.i/de*.ryak/o*l.
ma.ye.yo
整眼睛的費用大約多少錢?

● 성형 수술을 하면 어떤 부작용이 있을까?
so*ng.hyo*ng/su.su.reul/ha.myo*n/o*.do*n/
bu.ja.gyong.i/i.sseul.ga
做整型手術有什麼副作用呢?

● 성형외과 좋은 곳 좀 추천해 주세요.
so*ng.hyo*ng.we.gwa/jo.eun/got/jom/chu.
cho*n.he*/ju.se.yo
請推薦我不錯的整型外科。

相關單字

성형외과 so*ng.hyo*ng.we.gwa 整型外科

벚꽃
bo*t.got
櫻花

會話

● A : 어디에 가면 벚꽃을 구경할 수 있어요 ?
o*.di.e/ga.myo*n/bo*t.go.cheul/gu.gyo*ng.
hal/ssu/i.sso*.yo
去哪裡可以賞櫻花 ?

● B : 지금은 여의도에 벚꽃축제가 있습니다 .
ji.geu.meun/yo*.ui.do.e/bo*t.got.chuk.jje.ga
/it.sseum.ni.da
現在汝矣島有櫻花季。

例句

● 벚꽃이 예뻐요 .
bo*t.go.chi/ye.bo*.yo
櫻花很美。

● 벚꽃을 배경으로 사진 찍어 주세요 .
bo*t.go.cheul/be*.gyo*ng.eu.ro/sa.jin/jji.
go*/ju.se.yo
請以櫻花為背景幫我拍照。

● 분홍색 벚꽃을 좋아해요 ? 흰색 벚꽃을
좋아해요 ?
bun.hong.se*k/bo*t.go.cheul/jjo.a.he*.yo//
hin.se*k/bo*t.go.cheul/jjo.a.he*.yo
你喜歡粉色的櫻花還是白色的櫻花 ?

단풍
dan.pung
楓葉

會話

A : 서울 어디서 단풍을 구경할 수 있어요 ?
so*.ul/o*.di.so*/dan.pung.eul/gu.gyo*ng.hal
/ssu/i.sso*.yo
首爾哪裡可以欣賞得到楓葉呢 ?

B : 경복궁이나 창덕궁에 가면 단풍을 보실 수
있습니다 .
gyo*ng.bok.gung.i.na/chang.do*k.gung.e/ga.
myo*n/dan.pung.eul/bo.sil/su/it.sseum.ni.
da
如果去景福宮或昌德宮，可以看的到楓葉。

例句

빨간 단풍 .
bal.gan/dan.pung
紅色的楓葉。

가을은 단풍이 드는 계절이에요 .
ga.eu.reun/dan.pung.i/deu.neun/gye.jo*.ri.
e.yo
秋天是楓紅的季節。

서울에서 단풍 구경하기 좋은 곳은
어디인가요 ?
so*.u.re.so*/dan.pung/gu.gyo*ng.ha.gi/jo.
eun/go.seun/o*.di.in.ga.yo
首爾哪裡有賞楓葉不錯的地方 ?

Unit6 機場

공항
gong.hang
機場

例句

● 공항에 도착하면 연락하세요.
gong.hang.e/do.cha.ka.myo*n/yo*l.la.ka.se.
yo
你到機場就連絡我。

● 내가 공항까지 바래다 줄게요.
ne*.ga/gong.hang.ga.ji/ba.re*.da/jul.ge.yo
我送你到機場。

● 인천공항까지 가 주세요.
in.cho*n.gong.hang.ga.ji/ga/ju.se.yo
請帶我到仁川機場。

● 공항에 가면 비행기를 볼 수 있어요.
gong.hang.e/ga.myo*n/bi.he*ng.gi.reul/bol/
su/i.sso*.yo
去機場可以看得到飛機。

● 공항에 면세점하고 식당들이 있어요.
gong.hang.e/myo*n.se.jo*m.ha.go/sik.dang.
deu.ri/i.sso*.yo
機場有免稅店和餐館。

相關單字

비행기 bi.he*ng.gi 飛機

비행기
bi.he*ng.gi
飛機

例句

● 비행기를 타 본 적이 있어요 .
bi.he*ng.gi.reul/ta/bon/jo*.gi/i.sso*.yo
我有搭過飛機。

● 비행기가 곧 이륙할 예정입니다 .
bi.he*ng.gi.ga/got/i.ryu.kal/ye.jo*ng.im.ni.
da
飛機即將起飛。

● 비행기를 탈 때 안 무서워요 ?
bi.he*ng.gi.reul/tal/de*/an/mu.so*.wo.yo
搭飛機的時候你不會害怕嗎？

會話

● A : 몇 시 비행기예요 ?
myo*t/si/bi.he*ng.gi.ye.yo
你是幾點的飛機？

● B : 아침 9 시 비행기예요 .
a.chim/a.hop.ssi/bi.he*ng.gi.ye.yo
早上九點的飛機。

相關單字

기내 gi.ne* 飛機內
스튜어디스 seu.tyu.o*.di.seu 空姊

비행기표
bi.he*ng.gi.pyo
機票

例句

● 대만으로 가는 비행기표를 사려고 합니다 .
de*.ma.neu.ro/ga.neun/bi.he*ng.gi.pyo.reul/
ssa.ryo*.go/ham.ni.da
我想買往台灣的機票。

● 8 월 1 일 대만으로 가는 항공편이 있습니까 ?
pa.rwo.ri.ril/de*.ma.neu.ro/ga.neun/hang.
gong.pyo*.ni/it.sseum.ni.ga
請問有 8 月 1 號飛往台灣的班機嗎 ?

● 편도 항공편을 주십시오 .
yo*n.do/hang.gong.pyo*.neul/jju.sip.ssi.o
請給我單程機票。

● 비행기표를 이미 예약해 두었어요 .
bi.he*ng.gi.pyo.reul/i.mi/ye.ya.ke*/du.o*.
sso*.yo
我已經訂好機票了。

相關單字

항공권　hang.gong.gwon　機票

짐
jim
行李

例句

● 짐이 많네요 .
ji.mi/man.ne.yo
行李很多。

● 짐을 못 찾겠어요 .
ji.meul/mot/chat.ge.sso*.yo
我找不到行李。

● 짐이 무거워요 .
ji.mi/mu.go*.wo.yo
行李很重。

會話

● A : 짐이 몇 개 있습니까 ?
ji.mi/myo*t/ge*/it.sseum.ni.ga
您有幾個行李？

● B : 두 개 있습니다 .
du/ge*/it.sseum.ni.da
有兩個行李。

相關單字

수하물 su.ha.mul 行李
가방무게 ga.bang.mu.ge 包包重量

여권
yo*.gwon
護照

例句

- 여권 좀 보여 주세요 .
  yo*.gwon/jom/bo.yo*/ju.se.yo
  請出示您的護照。

- 여권과 항공권을 주시겠습니까 ?
  yo*.gwon.gwa/hang.gong.gwo.neul/jju.si.get.
  sseum.ni.ga
  可以給我護照和機票嗎？

- 제 여권을 잃어버렸습니다 .
  je/yo*.gwo.neul/i.ro*.bo*.ryo*t.sseum.ni.da
  我的護照不見了。

- 여권을 갖고 있지 ? 우리 카지노에 놀러 가자 .
  yo*.gwo.neul/gat.go/it.jji/u.ri/ka.ji.no.e/
  nol.lo*/ga.ja
  你有帶護照吧？我們去賭場玩吧。

- 외국에 가려면 여권부터 만들어야 해요 .
  we.gu.ge/ga.ryo*.myo*n/yo*.gwon.bu.to*/
  man.deu.ro*.ya/he*.yo
  想去國外的話，要先辦護照。

相關單字

비자　bi.ja　簽證

목적
mok.jjo*k
目的

例句

● 목적이 없는 사람 .
mok.jjo*.gi/o*m.neun/sa.ram
沒有目的的人。

● 목적을 하나 달성했습니다 .
mok.jjo*.geul/ha.na/dal.sso*ng.he*t.sseum.
ni.da
我達成了一個目的。

● 방문 목적이 무엇입니까 ?
bang.mun/mok.jjo*.gi/mu.o*.sim.ni.ga
你來這裡的目的是什麼 ?

● 목적을 이루는 방법은 하나 있습니다 .
mok.jjo*.geul/i.ru.neun/bang.bo*.beun/ha.
na/it.sseum.ni.da
有一個達成目的的方法。

● 확실한 목표를 세우세요 .
hwak.ssil.han/mok.pyo.reul/sse.u.se.yo
請樹立確實的目標。

相關單字

목적지　mok.jjo*k.jji　目的地
목표　mok.pyo　目標

대만
de*.man
台灣

例句

- 저는 대만 사람입니다 .
  jo*.neun/de*.man/sa.ra.mim.ni.da
  我是台灣人。

- 나는 대만에서 태어났어요 .
  na.neun/de*.ma.ne.so*/te*.o*.na.sso*.yo
  我在台灣出生。

- 저는 대만에서 왔습니다 .
  jo*.neun/de*.ma.ne.so*/wat.sseum.ni.da
  我是從台灣來的。

- 대만에 돌아가고 싶어요 .
  de*.ma.ne/do.ra.ga.go/si.po*.yo
  我想回台灣。

- 대만은 섬나라입니다 .
  de*.ma.neun/so*m.na.ra.im.ni.da
  台灣是島國。

相關單字

타이베이 ta.i.be.i 台北
야시장 ya.si.jang 夜市

한국
han.guk
韓國

例句

- 혹시 한국분이세요 ?
  hok.ssi/han.guk.bu.ni.se.yo
  您是韓國人嗎 ?

- 한국으로 여행 가고 싶네요 .
  han.gu.geu.ro/yo*.he*ng/ga.go/sim.ne.yo
  我想去韓國旅行。

- 한국에 가 본 적이 없습니다 .
  han.gu.ge/ga/bon/jo*.gi/o*p.sseum.ni.da
  我沒去過韓國。

- 다음 달에 한국에 놀러 갈 거예요 .
  da.eum/da.re/han.gu.ge/nol.lo*/gal/go*.ye.yo
  下個月我要去韓國玩。

- 저는 한국 사람이 아닙니다 .
  jo*.neun/han.guk/sa.ra.mi/a.nim.ni.da
  我不是韓國人。

相關單字

조선 jo.so*n 朝鮮
한반도 han.ban.do 韓半島

면세점
myo*n.se.jo*m
免稅店

會話

A : 면세점은 몇 층입니까 ?
myo*n.se.jo*.meun/myo*t/cheung.im.ni.ga
免稅店在幾樓 ?

B : 십층입니다 .
sip.cheung.im.ni.da
在十樓。

例句

여기는 면세점입니까 ?
yo*.gi.neun/myo*n.se.jo*.mim.ni.ga
這裡是免稅店嗎 ?

면세점에서 화장품을 삽니다 .
myo*n.se.jo*.me.so*/hwa.jang.pu.meul/
ssam.ni.da
在免稅店買化妝品。

相關單字

면세품 myo*n.se.pum 免稅品

나라
na.ra
國家

會話

A : 어느 나라 사람입니까 ?
o*.neu/na.ra/sa.ra.mim.ni.ga
你是哪一國人 ?

B : 대만 사람입니다 .
de*.man/sa.ra.mim.ni.da
我是台灣人。

會話

A : 어느 나라에서 왔어요 ?
o*.neu/na.ra.e.so*/wa.sso*.yo
你從哪個國家來的 ?

B : 미국에서 왔어요 .
mi.gu.ge.so*/wa.sso*.yo
我從美國來的。

相關單字

외국 we.guk 外國
국가 guk.ga 國家

여행
yo*.he*ng
旅行

例句

● 한국 자유여행 4 박 5 일 .
han.guk/ja.yu.yo*.he*ng/sa.ba.go.il
韓國自由行五天四夜。

● 여행 가방 하나 사야 해요 .
yo*.he*ng/ga.bang/ha.na/sa.ya/he*.yo
應該買一個行李箱了。

● 즐거운 여행되십시오 .
jeul.go*.un/yo*.he*ng.dwe.sip.ssi.o
祝您旅行愉快。

● 어디로 여행 가고 싶습니까 ?
o*.di.ro/yo*.he*ng/ga.go/sip.sseum.ni.ga
你想去哪裡旅行呢？

● 제 취미는 여행입니다 .
je/chwi.mi.neun/yo*.he*ng.im.ni.da
我的興趣是旅行。

相關單字

여행사 yo*.he*ng.sa 旅行社
여행서 yo*.he*ng.so* 旅遊書

출장
chul.jang
出差

會話一

A : 출장은 어디로 가세요 ?
chul.jang.eun/o*.di.ro/ga.se.yo
您要去哪裡出差 ?

B : 이번에는 서울로 가요 .
i.bo*.ne.neun/so*.ul.lo/ga.yo
這次要去首爾。

會話二

A : 언제 한국으로 출장 가세요 ?
o*n.je/han.gu.geu.ro/chul.jang/ga.se.yo
你什麼時候要去韓國出差 ?

B : 다음 주 금요일이요 .
da.eum/ju/geu.myo.i.ri.yo
下周五。

例句

저는 서울에 출장 중입니다 .
jo*.neun/so*.u.re/chul.jang/jung.im.ni.da
我正在首爾出差。

相關單字

출장비　chul.jang.bi　出差費

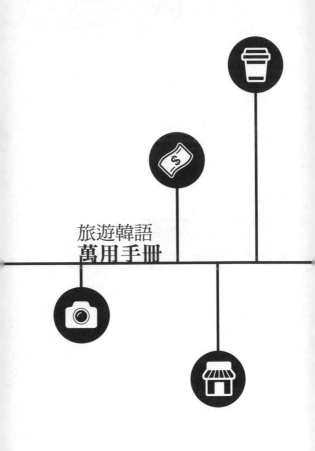

旅遊韓語
萬用手冊

CHAPTER 03

旅遊單字
隨手查

Unit1 飲食

식탁
sik.tak
餐桌

식탁 sik.tak	餐桌
相關	
식탁보　餐桌布 sik.tak.bo	

조미료 jo.mi.ryo	調味料
相關	
소스　醬料 so.seu 소금　鹽 so.geum 후춧가루　胡椒粉 hu.chut.ga.ru	

젓가락 jo*t.ga.rak	筷子

例句

저기요 , 젓가락을 바꿔 주세요 .
jo*.gi.yo//jo*t.ga.ra.geul/ba.gwo/ju.se.yo
服務員，請幫我換雙筷子。

숟가락 sut.ga.rak	湯匙

例句

숟가락을 바닦에 떨어뜨렸습니다 .
sut.ga.ra.geul/ba.da.ge/do*.ro*.deu.ryo*t.
sseum.ni.da
湯匙掉在地上了。

포크 po.keu	叉子

例句

나이프와 포크를 주시겠습니까 ?
na.i.peu.wa/po.keu.reul/jju.si.get.sseum.
ni.ga
可以拿刀子和叉子給我嗎？

칼 kal	刀

例句

칼에 손을 베었어요 .
ka.re/so.neul/be.o*.sso*.yo
手被刀劃傷了。

컵 ko*p	杯子

例句

컵 두개 주세요 .
ko*p/du.ge*/ju.se.yo
請給我兩個杯子。

접시 jo*p.ssi	盤子、碟子

例句

접시 하나 더 주세요 .
jo*p.ssi/ha.na/do*/ju.se.yo
請再給我一個碟子。

그릇 geu.reut	器皿、碗盤

例句

예쁜 그릇 세트를 샀어요 .
ye.beun/geu.reut/se.teu.reul/ssa.sso*.yo
我買了漂亮的碗盤組。

이쑤시개 i.ssu.si.ge*	牙籤

例句

아가씨 , 이쑤시개 있습니까 ?
a.ga.ssi/i.ssu.si.ge*/it.sseum.ni.ga
小姐，有牙籤嗎？

냅킨 ne*p.kin	餐巾

例句

냅킨으로 식탁을 닦았다 .
ne*p.ki.neu.ro/sik.ta.geul/da.gat.da
用餐巾擦餐桌。

한국요리
han.gu.gyo.ri
韓國料理

한정식 han.jo*ng.sik	韓定食、韓式套餐

例句

오늘 친구랑 한정식을 먹기로 했어요 .
o.neul/chin.gu.rang/han.jo*ng.si.geul/
mo*k.gi.ro/he*.sso*.yo
今天跟朋友約好要吃韓式套餐。

돌솥비빔밥 dol.sot.bi.bim.bap	石鍋拌飯

例句

돌솥비빔밥 하나 주세요 .
dol.sot.bi.bim.bap/ha.na/ju.se.yo
請給我一個石鍋拌飯。

순두부찌개 sun.du.bu/jji.ge*	嫩豆腐鍋

單字

순두부　嫩豆腐
sun.du.bu
두부　豆腐
du.bu

김치찌개 gim.chi.jji.ge*	泡菜鍋

單字

찌개　燉湯
jji.ge*

삼계탕 sam.gye.tang	參雞湯

例句

이 집은 아주 유명한 삼계탕 집이에요 .
i/ji.beun/a.ju/yu.myo*ng.han/sam.gye.
tang/ji.bi.e.yo
這家店是很有名的參雞湯店。

김치볶음밥 gim.chi.bo.geum.bap	泡菜炒飯

單字

김치　泡菜
gim.chi
볶음밥　炒飯
bo.geum.bap

부대찌개 bu.de*.jji.ge*	部隊鍋

相關

해물부대전골　海鮮部隊火鍋
he*.mul.bu.de*.jo*n.gol
김치부대찌개　泡菜部隊鍋
gim.chi.bu.de*.jji.ge*

매운탕 me*.un.tang	辣魚湯

單字

맵다　辣
me*p.da

갈비탕 gal.bi.tang	排骨湯

相關

갈비　排骨
gal.bi
갈비찜　燉排骨
gal.bi.jjim

설농탕 so*l.long.tang	雪濃湯

例句

설농탕을 먹읍시다 .
so*l.long.tang.eul/mo*.geup.ssi.da
我們吃雪濃湯吧。

해물탕 he*.mul.tang	辣海鮮湯

相關

해물찜　燉海鮮
he*.mul.jjim
해산물　海產
he*.san.mul

곰탕 gom.tang	牛骨湯

例句

곰탕을 싫어해요 .
gom.tang.eul/ssi.ro*.he*.yo
我不喜歡牛骨湯。

해장국 he*.jang.guk	醒酒湯

例句

해장국 좀 끓여 주세요 .
he*.jang.guk/jom/geu.ryo*/ju.se.yo
請煮醒酒湯給我喝。

보쌈 bo.ssam	菜包白切肉

相關

상추　生菜
sang.chu
수육　熟肉、白切肉
su.yuk

떡국 do*k.guk	年糕湯

單字

떡　年糕
do*k
국　湯
guk

칼국수 kal.guk.ssu	刀切麵

單字

칼　刀
kal
국수　麵條
guk.ssu

수제비 su.je.bi	麵片湯

例句

수제비 한 그릇 주세요 .
su.je.bi/han/geu.reut/ju.se.yo
請給我一碗麵片湯。

비빔냉면 bi.bim.ne*ng.myo*n	涼拌冷麵

相關

고기냉면 肉冷麵
go.gi.ne*ng.myo*n
회냉면 生魚片冷麵
hwe.ne*ng.myo*n
물냉면 水冷麵
mul.le*ng.myo*n

비빔밥 bi.bim.bap	拌飯

例句

불고기 비빔밥으로 주세요 .
bul.go.gi/bi.bim.ba.beu.ro/ju.se.yo
請給我烤肉拌飯。

만두 man.du	水餃

例句

칼국수 하나 , 만두 하나 주세요 .
kal.guk.ssu/ha.na//man.du/ha.na/ju.se.yo
請給我一份刀削麵和一份餃子。

불고기
bul.go.gi
烤肉

불고기 bul.go.gi	烤肉

相關	
불고기피자　烤肉披薩 bul.go.gi.pi.ja	.

불고기집 bul.go.gi.jip	烤肉店

例句
불고기집에서 만납시다 . bul.go.gi.ji.be.so*/man.nap.ssi.da 我們在烤肉店見面吧。

돼지고기 dwe*.ji.go.gi	豬肉

單字

돼지　豬
dwe*.ji
고기　肉
go.gi

닭고기 dal.go.gi	雞肉

例句

닭고기는 돼지고기보다 맛있어요 .
dal.go.gi.neun/dwe*.ji.go.gi.bo.da/ma.si.sso*.yo
雞肉比豬肉好吃。

양고기 yang.go.gi	羊肉

例句

어디서 양고기를 먹을 수 있어요 ?
o*.di.so*/yang.go.gi.reul/mo*.geul/ssu/i.sso*.yo
哪裡可以吃的到羊肉 ?

소고기 so.go.gi	牛肉

例句

소고기는 닭고기보다 비쌉니다 .
so.go.gi.neun/dal.go.gi.bo.da/bi.ssam.
ni.da
牛肉比雞肉貴。

소갈비 so.gal.bi	牛排

例句

소갈비 일인분 주세요 .
so.gal.bi/i.rin.bun/ju.se.yo
請給我一人份的牛排。

돼지갈비 dwe*.ji.gal.bi	豬排

例句

돼지갈비를 샀습니다 .
dwe*.ji.gal.bi.reul/ssat.sseum.ni.da
買了豬排。

닭갈비 dak.gal.bi	雞排

例句

여기 닭갈비는 매운가요 ?
yo*.gi/dak.gal.bi.neun/me*.un.ga.yo
這裡的雞排會辣嗎？

삼겹살 sam.gyo*p.ssal	五花肉

例句

삼겹살 이인분 주세요 .
sam.gyo*p.ssal/i.in.bun/ju.se.yo
給我兩人份的五花肉。

앞다리살 ap.da.ri.sal	前腿肉

單字

앞　前面
ap
다리　腿
da.ri

뒷다리살 dwit.da.ri.sal	後腿肉

單字

뒤　後面
dwi
살　（動物的）肉
sal

가슴살 ga.seum.sal	胸肉

單字

가슴　胸
ga.seum

살코기 sal.ko.gi	瘦肉

相關

비곗살　肥肉
bi.gyet.ssal

닭날개 dang.nal.ge*	雞翅

單字

날개　翅膀
nal.ge*

등심 deung.sim	里脊

例句

우리 등심 더 시킬까요？
u.ri/deung.sim/do*/si.kil.ga.yo
我們再點一些里脊如何？

곱창 gop.chang	牛小腸

例句

구운 곱창이 맛있네요 .
gu.un/gop.chang.i/ma.sin.ne.yo
烤牛小腸很好吃呢！

해산물
he*.san.mul
海產

해산물 he*.san.mul	海產

例句

나는 해산물 요리를 좋아해요 .
na.neun/he*.san.mul/yo.ri.reul/jjo.a.he*.
yo
我喜歡吃海產料理。

생선 se*ng.so*n	魚

相關

생선회　生魚片
se*ng.so*n.hwe
생선구이　烤魚
se*ng.so*n.gu.i

장어 jang.o*	鰻魚

相關

장어 덮밥　鰻魚飯
jang.o*/do*p.bap

참치 cham.chi	鮪魚

相關

참치통조림　鮪魚罐頭
cham.chi.tong.jo.rim

조개 jo.ge*	蛤蜊

例句

이것은 조개로 끓인 국이에요 .
i.go*.seun/jo.ge*.ro/geu.rin/gu.gi.e.yo
這是用蛤蜊熬的湯。

굴 gul	牡蠣

例句

친구가 버섯 굴죽을 주문했어요 .
chin.gu.ga/bo*.so*t/gul.ju.geul/jju.mun.
he*.sso*.yo
朋友點了香菇牡蠣粥。

낙지 nak.jji	章魚

相關

낙지백반　章魚飯
nak.jji.be*k.ban
낙지복음　辣炒章魚
nak.jji.bo.geum

새우 se*.u	蝦

相關

새우후라이　炸蝦
se*.u.hu.ra.i
새우죽　鮮蝦粥
se*.u.juk

오징어 o.jing.o*	魷魚

相關

오징어백반　魷魚飯
o.jing.o*.be*k.ban
오징어버터구이　烤奶油魷魚
o.jing.o*.bo*.to*.gu.i

게 ge	螃蟹

相關

간장게장　醬油螃蟹
gan.jang.ge.jang

김 gim	紫菜、海苔

相關

김밥　紫菜飯捲
gim.bap

길거리 음식
gil.go*.ri/eum.sik
街頭小吃

떡볶이 do*k.bo.gi	辣炒年糕

例句

여기 치즈떡볶이가 맛있어요 .
yo*.gi/chi.jeu.do*k.bo.gi.ga/ma.si.sso*.yo
這裡的起司辣炒年糕很好吃。

찐빵 jjin.bang	豆沙包

例句

찐빵 하나랑 왕만두 하나 주세요 .
jjin.bang/ha.na.rang/wang.man.du/ha.na/
ju.se.yo
請給我一個豆沙包和一個鹹包子。

| **김밥**
gim.bap | 紫菜飯捲 |

例句

김밥 한 줄 주세요 .
gim.bap/han/jul/ju.se.yo
請給我一條紫菜飯捲。

| **우동**
u.dong | 烏龍麵 |

例句

우동 한 그릇 주세요 .
u.dong/han/geu.reut/ju.se.yo
請給我一碗烏龍麵。

| **부침개**
bu.chim.ge* | 煎餅 |

例句

갑자기 김치 부침개를 먹고 싶다 .
gap.jja.gi/gim.chi/bu.chim.ge*.reul/mo*k.
go/sip.da
我突然想吃泡菜煎餅。

오뎅 o.deng	黑輪、關東煮

例句

오뎅 하나하고 떡볶이 일인분 주세요 .
o.deng/ha.na.ha.go/do*k.bo.gi/i.rin.bun/
ju.se.yo
請給我一個黑輪和一人份的辣炒年糕。

튀김 twi.gim	炸物

例句

새우하고 야채로 튀김을 만들어요 .
se*.u.ha.go/ya.che*.ro/twi.gi.meul/man.
deu.ro*.yo
用蝦子和蔬菜做炸物。

붕어빵 bung.o*.bang	鯛魚燒

例句

붕어빵 다섯 개 주세요 .
bung.o*.bang/da.so*t/ge*/ju.se.yo
請給我五個鯛魚燒。

순대 sun.de*	血腸

例句

아저씨 , 순대 일인분 주세요 .
a.jo*.ssi/sun.de*/i.rin.bun/ju.se.yo
大叔，給我一人份的糯米腸。

계란빵 gye.ran.bang	雞蛋糕

例句

계란빵 두 개를 샀어요 .
gye.ran.bang/du/ge*.reul/ssa.sso*.yo
買了兩個雞蛋糕。

호떡 ho.do*k	黑糖餅

例句

호떡 한 개에 천원입니까 ?
ho.do*k/han/ge*.e/cho*.nwo.nim.ni.ga
黑糖煎餅一個一千韓圜嗎？

와플 wa.peul	鬆餅

例句

초코크림 와플 하나 주세요 .
cho.ko.keu.rim/wa.peul/ha.na/ju.se.yo
請給我一個巧克力奶油鬆餅。

쥐포 jwi.po	魚乾

例句

쥐포도 좋은 술안주의 하나예요 .
jwi.po.do/jo.eun/su.ran.ju.ui/ha.na.ye.yo
魚乾也是不錯的下酒菜之一。

닭꼬치 dak.go.chi	雞肉串

例句

닭꼬치 순한 맛으로 주세요 .
dak.go.chi/sun.han/ma.seu.ro/ju.se.yo
烤雞肉串請給我原味的。

뽑기 bop.gi	焦糖餅

例句

우리 딸이 뽑기가 너무 좋아요 .
u.ri/da.ri/bop.gi.ga/no*.mu/jo.a.yo
我女兒很喜歡吃焦糖餅。

군밤 gun.bam	糖炒栗子

例句

군밤 한 봉지 먹고 싶어요 .
gun.bam/han/bong.ji/mo*k.go/si.po*.yo
我想吃一包炒栗子。

번데기 bo*n.de.gi	蠶蛹

例句

저 번데기 못 먹어요 .
jo*/bo*n.de.gi/mot/mo*.go*.yo
我不敢吃蠶蛹。

왕만두 wang.man.du	包子

例句

왕만두 한 개에 얼마예요 ?
wang.man.du/han/ge*.e/o*l.ma.ye.yo
包子一個多少錢 ？

군고구마 gun.go.gu.ma	烤地瓜

單字

군고구마가 익었어요 .
gun.go.gu.ma.ga/i.go*.sso*.yo
烤地瓜熟了。

양꼬치구이 yang.go.chi.gu.i	烤羊肉串

單字

양　羊
yang
꼬치　（食物）串
go.chi

감자핫도그 gam.ja.hat.do.geu	薯條熱狗

핫도그　熱狗
hat.do.geu

잔치국수 jan.chi.guk.ssu	宴會麵

잔치　宴席
jan.chi

라볶이 ra.bo.gi	拉麵辣炒年糕

例句

라볶이는 떡볶이에 라면 면발을 얹은
음식이다 .
ra.bo.gi.neun/do*k.bo.gi.e/ra.myo*n/
myo*n.ba.reul/o*n.jeun/eum.si.gi.da
拉麵辣炒年糕是在辣炒年糕上加入泡麵麵條的
料理。

핫바 hat.ba	魚漿條

例句

핫바 하나하고 호떡 하나 주세요 .
hat.ba/ha.na.ha.go/ho.do*k/ha.na/ju.se.
yo
請給我一個魚漿條和一個黑糖煎餅。

회오리감자 hwe.o.ri.gam.ja	旋風馬鈴薯片

單字

감자　馬鈴薯
gam.ja

파전 pa.jo*n	蔥餅

例句

여기 파전 있습니까 ?
yo*.gi/pa.jo*n/it.sseum.ni.ga
這裡有沒有賣煎蔥餅

빵
bang
麵包

빵집 bang.jip	麵包店

例句

이 빵 두 덩어리 주세요 .
i/bang/du/do*ng.o*.ri/ju.se.yo
這個麵包請給我兩個。

식빵 sik.bang	吐司

相關

토스트 烤吐司片
to.seu.teu

잼 je*m	果醬

相關

딸기잼 草莓醬
dal.gi.je*m
땅콩잼 花生醬
dang.kong.je*m

프랑스빵 peu.rang.seu.bang	法國麵包

單字

프랑스 法國
peu.rang.seu

크루아상 keu.ru.a.sang	牛角麵包

例句

이 집에서 파는 크루아상은 너무 맛있다 .
i/ji.be.so*/pa.neun/keu.ru.a.sang.eun/no*.
mu/ma.sit.da
這家店賣的牛角麵包很好吃。

마늘빵 ma.neul.bang	大蒜麵包

單字

마늘 大蒜
ma.neul

크림빵 keu.rim.bang	奶油麵包

單字

크림 奶油
keu.rim

팥빵 pat.bang	紅豆麵包

單字

팥 紅豆
pat

곰보빵 gom.bo.bang	波羅麵包

例句

여기 곰보빵이 없어요 ?
yo*.gi/gom.bo.bang.i/o*p.sso*.yo
這裡沒有波羅麵包嗎 ?

케이크 ke.i.keu	蛋糕

相關

초콜릿케이크　巧克力蛋糕
cho.kol.lit.ke.i.keu
과일케이크　水果蛋糕
gwa.il.ke.i.keu
생일케이크　生日蛋糕
se*ng.il.ke.i.keu

롤케이크 rol.ke.i.keu	蛋糕捲

單字

롤　捲軸
rol

카스테라 ka.seu.te.ra	蜂蜜蛋糕

例句

친구한테 카스테라를 받았어요 .
chin.gu.han.te/ka.seu.te.ra.reul/ba.da.
sso*.yo
從朋友那裡收到蜂蜜蛋糕。

바움쿠헨 ba.um.ku.hen	年輪蛋糕

例句

바움쿠헨 파는 곳을 아세요 ?
ba.um.ku.hen/pa.neun/go.seul/a.se.yo
你知道哪裡有在賣年輪蛋糕嗎 ?

컵케이크 ko*p.ke.i.keu	杯子蛋糕

例句

컵 杯子
ko*p

| 핫케이크
hat.ke.i.keu | 熱蛋糕 |

例句

아침에 핫케이크를 먹었어요.
a.chi.me/hat.ke.i.keu.reul/mo*.go*.sso*.
yo
早上吃了熱蛋糕。

| 도넛
do.no*t | 甜甜圈 |

例句

이 집은 유명한 도넛집이에요.
i/ji.beun/yu.myo*ng.han/do.no*t.jji.bi.e.yo
這間店是很有名的甜甜圈店。

| 에그타르트
e.geu.ta.reu.teu | 蛋塔 |

例句

마카오 에그타르트는 너무 맛있다.
ma.ka.o/e.geu.ta.reu.teu.neun/no*.mu/
ma.sit.da
澳門的蛋塔太好吃了。

찹쌀떡 chap.ssal.do*k	糯米糕

單字

찹쌀 糯米
chap.ssal

팥떡 pat.do*k	紅豆年糕

單字

떡 年糕
do*k

한과 han.gwa	韓果

例句

한과는 한국의 전통적인 과자이다 .
han.gwa.neun/han.gu.gui/jo*n.tong.jo*.
gin/gwa.ja.i.da
韓果是韓國的傳統點心。

티라미수 ti.ra.mi.su	提拉米蘇

例句

티라미수는 이탈리아의 디저트 중
하나이다 .
ti.ra.mi.su.neun/i.tal.li.a.ui/di.jo*.teu/jung/
ha.na.i.da
提拉米蘇是義大利的餐後甜點之一。

호두빵 ho.du.bang	核桃麵包

單字

호두　核桃
ho.du

모카빵 mo.ka.bang	摩卡麵包

單字

모카　摩卡
mo.ka

과일
gwa.il
水果

사과 sa.gwa	蘋果

例句

일본 사과가 달아요 .
il.bon/sa.gwa.ga/da.ra.yo
日本蘋果甜。

배 be*	梨子

例句

큰 배를 먹어서 배불러요 .
keun/be*.reul/mo*.go*.so*/be*.bul.lo*.yo
吃了大顆梨子，吃飽了。

바나나 ba.na.na	香蕉

例句

여동생은 바나나로 다이어트해요 .
yo*.dong.se*ng.eun/ba.na.na.ro/da.i.o*.
teu.he*.yo
妹妹吃香蕉減肥。

딸기 dal.gi	草莓

相關

딸기 주스 草莓果汁
dal.gi/ju.seu

오렌지 o.ren.ji	柳橙

相關

오렌지 주스 柳橙汁
o.ren.ji/ju.seu

레몬 re.mon	檸檬

例句

레몬이 십니다 .
re.mo.ni/sim.ni.da
檸檬酸。

멜론 mel.lon	哈密瓜

例句

멜론을 좋아하세요 ?
mel.lo.neul/jjo.a.ha.se.yo
你喜歡吃哈密瓜嗎？

파인애플 pa.i.ne*.peul	鳳梨

例句

이 파인애플 좀 먹어 봐요 . 안 셔요 .
i/pa.i.ne*.peul/jjom/mo*.go*/bwa.yo//an/
syo*.yo
吃看看這個鳳梨，不酸。

포도 po.do	葡萄

相關

포도주　葡萄酒
po.do.ju
와인　紅酒
wa.in

키위 ki.wi	奇異果

相關

뉴질랜드　紐西蘭
nyu.jil.le*n.deu

수박 su.bak	西瓜

例句

수박 한 통을 사고 싶어요 .
su.bak/han/tong.eul/ssa.go/si.po*.yo
我想買一顆西瓜。

망고 mang.go	芒果

相關

망고빙수 芒果冰
mang.go.bing.su

참외 cha.mwe	香瓜

例句

참외의 효능은 뭐예요？
cha.mwe.ui/hyo.neung.eun/mwo.ye.yo
香瓜的療效是什麼？

방울 토마토 bang.ul/to.ma.to	小番茄

單字

방울 （水）滴
bang.ul
토마토 番茄
to.ma.to

감 gam	柿子
相關	
단감　甜柿 dan.gam	

자몽 ja.mong	葡萄柚
相關	
자몽주스　葡萄柚果汁 ja.mong.ju.seu	

굴 gyul	蜜橘
相關	
굴나무　橘子樹 gyul.la.mu	

디저트
di.jo*.teu
甜點

푸딩 pu.ding	布丁

例句

푸딩을 만들 줄 알아요 .
pu.ding.eul/man.deul/jjul/a.ra.yo
我會做布丁。

젤리 jel.li	果凍

相關

딸기젤리　草莓果凍
dal.gi.jel.li

두유 du.yu	豆漿、豆奶

例句

아침에 두유만 마셨어요 .
a.chi.me/du.yu.man/ma.syo*.sso*.yo
早上只喝了豆漿。

아이스크림 a.i.seu.keu.rim	冰淇淋

例句

날씨가 더워서 아이스크림을 먹고
싶어요 .
nal.ssi.ga/do*.wo.so*/a.i.seu.keu.ri.meul/
mo*k.go/si.po*.yo
天氣熱，想吃冰淇淋。

요구르트 yo.gu.reu.teu	優酪乳、養樂多、優格

例句

요구르트 맛이 이상해요 .
yo.gu.reu.teu/ma.si/i.sang.he*.yo
養樂多味道很怪。

빙수 bing.su	刨冰

相關

과일빙수　水果刨冰
gwa.il.bing.su
팥빙수　紅豆刨冰
pat.bing.su

슈크림 syu.keu.rim	泡芙

例句

초코맛 슈크림으로 주세요 .
cho.ko.mat/syu.keu.ri.meu.ro/ju.se.yo
請給我巧克力口味的泡芙。

파이 pa.i	派

相關

애플파이　蘋果派
e*.peul.pa.i

사탕／과자
sa.tang／gwa.ja
糖果／餅乾

간식 gan.sik	零食
相關	
불량식품　垃圾食品、零食 bul.lyang.sik.pum	

과자 gwa.ja	餅乾、甜點
例句	
과자들을 많이 먹으면 살쪄요 . gwa.ja.deu.reul/ma.ni/mo*.geu.myo*n/ sal.jjo*.yo 吃太多甜點會變胖。	

쿠키 ku.ki	餅乾

例句

구운 쿠키.
gu.un/ku.ki
烤餅乾。

초콜릿 cho.kol.lit	巧克力

例句

초콜릿 좀 먹을래요?
cho.kol.lit/jom/mo*.geul.le*.yo
你要吃巧克力嗎?

캔디 ke*n.di	糖果

相關

사탕 糖果
sa.tang

껌 go*m	口香糖

例句

껌을 씹어요 .
go*.meul/ssi.bo*.yo
嚼口香糖。

소다크래커 so.da.keu.re*.ko*	蘇打餅乾

單字

소다　蘇打
so.da
크래커　餅乾
keu.re*.ko*

포테이토칩 po.te.i.to.chip	洋芋片

相關

포테이토　馬鈴薯
po.te.i.to
감자　馬鈴薯
gam.ja

팝콘 pap.kon	爆米花

例句

영화를 보면서 팝콘을 먹어요 .
yo*ng.hwa.reul/bo.myo*n.so*/pap.ko.
neul/mo*.go*.yo
一邊看電影一邊吃爆米花。

밀크 캐러멜 mil.keu/ke*.ro*.mel	牛奶糖

單字

밀크 牛奶
mil.keu
우유 牛奶
u.yu

음료수
eum.nyo.su
飲料

음료수 eum.nyo.su	飲料

相關
알코올 음료 酒精飲料 al.ko.ol/eum.nyo **탄산음료** 碳酸飲料 tan.sa.neum.nyo

우유 u.yu	牛奶、鮮乳

相關
초코우유 巧克力牛奶 cho.ko.u.yu **커피우유** 咖啡牛奶 ko*.pi.u.yu

물 mul	水

相關

광천수　礦泉水
gwang.cho*n.su
생수　飲用水
se*ng.su

밀크티 mil.keu.ti	奶茶

例句

따뜻한 밀크티로 주세요 .
da.deu.tan/mil.keu.ti.ro/ju.se.yo
請給我熱奶茶。

꿀물 gul.mul	蜂蜜水

例句

시원한 꿀물이 좋아요 .
si.won.han/gul.mu.ri/jo.a.yo
我喜歡冰的蜂蜜水。

주스 ju.seu	果汁

相關

토마토주스　番茄汁
to.ma.to.ju.seu
키위주스　奇異果果汁
ki.wi.ju.seu

콜라 kol.la	可樂

相關

햄버거　漢堡
he*m.bo*.go*
프렌치프라이　炸薯條
peu.ren.chi.peu.ra.i

사이다 sa.i.da	汽水

例句

사이다 큰 컵으로 주세요 .
sa.i.da/keun/ko*.beu.ro/ju.se.yo
請給我大杯的汽水。

밀크쉐이크 mil.keu.swe.i.keu	奶昔

相關

커피밀크쉐이크 咖啡奶昔
ko*.pi.mil.keu.swe.i.keu
초콜릿밀크쉐이크 巧克力奶昔
cho.kol.lin.mil.keu.swe.i.keu

핫초코 hat.cho.ko	熱可可

例句

날씨가 추우면 핫초코를 마시고 싶어요 .
nal.ssi.ga/chu.u.myo*n/hat.cho.ko/reul/
ma.si.go/si.po*.yo
天氣冷的話，就會想喝熱可可。

차
cha
茶

차 cha	茶
相關 차 車 cha	

녹차 nok.cha	綠茶
例句 홍차말고 녹차 주세요 . hong.cha.mal.go/nok.cha/ju.se.yo 我不要紅茶，請給我綠茶。	

홍차 hong.cha	紅茶

例句

홍차 안에 우유를 넣을까요 ?
hong.cha/a.ne/u.yu.reul/no*.eul.ga.yo
要不要在紅茶裡加牛奶 ?

보리차 bo.ri.cha	麥茶

單字

보리　大麥
bo.ri

옥수수차 ok.ssu.su.cha	玉米茶

單字

옥수수　玉米
ok.ssu.su

국화차 gu.kwa.cha	菊花茶

單字

국화　菊花
gu.kwa

보이차 bo.i.cha	普洱茶

例句

보이차를 못 마셔요 .
bo.i.cha.reul/mot/ma.syo*.yo
我不敢喝普洱茶。

장미꽃차 jang.mi.got.cha	玫瑰花茶

單字

장미　玫瑰
jang.mi
꽃　花
got

박하차 ba.ka.cha	薄荷茶

單字

박하　薄荷
ba.ka
박하사탕　薄荷糖
ba.ka.sa.tang

오곡차 o.gok.cha	五穀茶

單字

오곡　五穀
o.gok

우롱차 u.rong.cha	烏龍茶

例句

대만 우롱차를 마셔 본 적이 있어요？
de*.man/u.rong.cha.reul/ma.syo*/bon/jo*.
gi/i.sso*.yo
你有喝過台灣烏龍茶嗎？

커피
ko*.pi
咖啡

카페 ka.pe	咖啡廳

相關

커피숍　咖啡廳
ko*.pi.syop
다방　茶館
da.bang

커피 ko*.pi	咖啡

例句

커피라도 마시면서 얘기합시다 .
ko*.pi.ra.do/ma.si.myo*n.so*/ye*.gi.hap.
ssi.da
我們喝杯咖啡邊聊聊吧。

캔커피 ke*n.ko*.pi	罐裝咖啡

相關

원두커피　原豆咖啡
won.du.ko*.pi
커피믹스　咖啡伴侶
ko*.pi.mik.sseu
인스턴트커피　速溶咖啡
in.seu.to*n.teu.ko*.pi

생크림 se*ng.keu.rim	鮮奶油

相關

휘핑 크림　攪奶油
hwi.ping/keu.rim

카푸치노 ka.pu.chi.no	卡布奇諾

例句

카푸치노 한 잔 얼마입니까？
ka.pu.chi.no/han/jan/o*l.ma.im.ni.ga
卡布奇諾一杯多少錢？

아메리카노 a.me.ri.ka.no	美式咖啡

例句

아메리카노 두 잔 주세요 .
a.me.ri.ka.no/du/jan/ju.se.yo
請給我兩杯美式咖啡。

카라멜라떼 ka.ra.mel.la.de	焦糖拿鐵

相關

카라멜모카　焦糖摩卡
ka.ra.mel.mo.ka
카라멜마끼아또　焦糖瑪奇朵
ka.ra.mel.ma.gi.a.do

카페모카 ka.pe.mo.ka	摩卡咖啡

例句

아이스 카페모카 중간 컵으로 주세요 .
a.i.seu/ka.pe.mo.ka/jung.gan/ko*.beu.ro/
ju.se.yo
請給我中杯的冰摩卡咖啡。

카페라떼 ka.pe.ra.de	拿鐵咖啡

相關

바닐라 라떼　香草拿鐵
ba.nil.la/ra.de
헤이즐넛 라떼　榛果拿鐵
he.i.jeul.lo*t/ra.de
그린티 라떼　綠茶拿鐵
geu.rin.ti/ra.de

아이스커피 a.i.seu.ko*.pi	冰咖啡

例句

아이스커피 큰 컵 한 잔 주세요 .
a.i.seu.ko*.pi/keun/ko*p/han/jan/ju.se.yo
給我一杯大杯的冰咖啡。

얼음 o*.reum	冰塊

例句

얼음을 조금만 넣어 주세요 .
o*.reu.meul/jjo.geum.man/no*.o*/ju.se.yo
請幫我加一點點冰塊。

설탕 so*l.tang	糖

例句

커피 안에 설탕을 넣지 마세요 .
ko*.pi/a.ne/so*l.tang.eul/no*.chi/ma.se.yo
咖啡裡不要加糖。

스타벅스 seu.ta.bo*k.sseu	星巴克

例句

스타벅스에서 친구를 만났어요 .
seu.ta.bo*k.sseu.e.so*/chin.gu.reul/man.
na.sso*.yo
在星巴克見了朋友。

술집
sul.jip
居酒屋

술 sul	酒

例句

술을 안 마셔요？
su.reul/an/ma.syo*.yo
你不喝酒嗎？

술집 sul.jip	居酒屋

相關

바　酒吧
ba
나이트클럽　夜店
na.i.teu.keul.lo*p
포장마차　路邊攤
po.jang.ma.cha

소주 so.ju	燒酒

相關

폭탄주　炸彈酒
pok.tan.ju
일본소주　日本燒酒
il.bon.so.ju

막걸리 mak.go*l.li	米酒

例句

해물파전하고 막걸리 한 병 주세요 .
he*.mul.pa.jo*n.ha.go/mak.go*l.li/han/
byo*ng/ju.se.yo
請給我海鮮蔥餅和一瓶米酒。

샴페인 syam.pe.in	香檳

例句

샴페인 한 병을 땄어요 .
syam.pe.in/han/byo*ng.eul/da.sso*.yo
開了一瓶香檳。

| **칵테일**
kak.te.il | 雞尾酒 |

例句

바에서 칵테일 한 잔 마셨다 .
ba.e.so*/kak.te.il/han/jan/ma.syo*t.da
在酒吧喝了一杯雞尾酒。

| **인삼주**
in.sam.ju | 人參酒 |

相關

인삼　人參
in.sam
고려인삼　高麗人參
go.ryo*.in.sam

| **과실주**
gwa.sil.ju | 水果酒 |

例句

어머니가 과실주를 만들 줄 아세요 .
o*.mo*.ni.ga/gwa.sil.ju.reul/man.deul/jjul/
a.se.yo
媽媽會做水果酒。

맥주 me*k.jju	啤酒

相關

생맥주　生啤酒
se*ng.me*k.jju
흑맥주　黑啤酒
heung.me*k.jju
캔맥주　罐裝啤酒
ke*n.me*k.jju

술안주 su.ran.ju	下酒小菜

例句

술안주는 해물파전이랑 계란찜으로
주세요 .
su.ran.ju.neun/he*.mul.pa.jo*.ni.rang/gye.
ran.jji.meu.ro/ju.se.yo
下酒菜請給我海鮮煎餅和蒸蛋。

패스트푸드점
pe*.seu.teu.pu.deu.jo*m
速食店

패스트푸드점 pe*.seu.teu.pu.deu. jo*m	速食店

相關

맥도널드　麥當勞
me*k.do.no*l.deu
버거킹　漢堡王
bo*.go*.king

햄버거 he*m.bo*.go*	漢堡

例句

햄버거에 마요네즈를 넣지 말아 주세요 .
he*m.bo*.go*.e/ma.yo.ne.jeu.reul/no*.chi/
ma.ra/ju.se.yo
請不要在漢堡裡加美乃滋。

| **프렌치프라이**
peu.ren.chi.peu.ra.i | 炸薯條 |

例句

작은 사이즈 프렌치프라이 하나 주세요 .
ja.geun/sa.i.jeu/peu.ren.chi.peu.ra.i/ha.
na/ju.se.yo
請給我一份小份的炸薯條。

| **핫도그**
hat.do.geu | 熱狗 |

例句

핫도그 위에 케찹을 많이 발랐어요 .
hat.do.geu/wi.e/ke.cha.beul/ma.ni/bal.
la.sso*.yo
在熱狗上塗了很多番茄醬。

| **피자**
pi.ja | 披薩 |

例句

맛있는 피자집 좀 추천해 주세요 .
ma.sin.neun/pi.ja.jip/jom/chu.cho*n.he*/
ju.se.yo
請推薦好吃的披薩店給我。

치킨 chi.kin	炸雞

例句

치킨 한 마리와 콜라 한 병 배달해 주세요 .
chi.kin/han/ma.ri.wa/kol.la/han/byo*ng/
be*.dal.he*/ju.se.yo
請外送一隻炸雞和一瓶可樂過來。

샌드위치 se*n.deu.wi.chi	三明治

例句

햄 샌드위치를 주세요 .
he*m/se*n.deu.wi.chi.reul/jju.se.yo
請給我火腿三明治。

세트 se.teu	組、套餐

例句

3 번 세트로 주세요 .
sam.bo*n/se.teu.ro/ju.se.yo
請給我三號餐。

콜라 kol.la	可樂

例句

콜라 큰 걸로 주세요 .
kol.la/keun/go*l.lo/ju.se.yo
請給我大杯可樂。

옥수수스프 ok.ssu.su.seu.peu	玉米濃湯

例句

옥수수스프도 하나 주세요 .
ok.ssu.su.seu.peu.do/ha.na/ju.se.yo
請再給我一杯玉米濃湯。

케챱 ke.chap	番茄醬

例句

케챱 하나 더 주세요 .
ke.chap/ha.na/do*/ju.se.yo
請再給我一包番茄醬。

Unit2 逛街購物

화장품
hwa.jang.pum
化妝品

화장품 hwa.jang.pum	化妝品

例句

화장품을 사서 친구한테 선물해요 .
hwa.jang.pu.meul/ssa.so*/chin.gu.han.te/
so*n.mul.he*.yo
買化妝品送朋友。

립스틱 rip.sseu.tik	口紅

例句

오늘 분홍색 립스틱을 발랐습니다 .
o.neul/bun.hong.se*k/rip.sseu.ti.geul/bal.
lat.sseum.ni.da
今天我擦了粉紅色的口紅。

볼터치 bol.to*.chi	腮紅

相關

브러쉬 （腮紅、眼影）刷子
beu.ro*.swi

아이섀도 a.i.sye*.do	眼影

例句

브러쉬로 아이섀도를 골고루 묻힙니다 .
beu.ro*.swi.ro/a.i.sye*.do.reul/gol.go.ru/
mu.chim.ni.da
用眼影刷均勻地沾上眼影。

마스카라 ma.seu.ka.ra	睫毛膏

相關

아이라이너 眼線筆
a.i.ra.i.no*

립 라이너 rip/ra.i.no*	唇線筆

相關

립글로스　唇蜜
rip.geul.lo.seu

속눈썹집게 song.nun.sso*p.jjip. ge	睫毛夾

單字

속눈썹　睫毛
song.nun.sso*p
집게　夾子
jip.ge

콤팩트 kom.pe*k.teu	粉盒

相關

분첩　粉撲
bun.cho*p

| **파운데이션**
pa.un.de.i.syo*n | 粉底霜 |

例句

이 파운데이션은 백화점에서 샀어요 .
i/pa.un.de.i.syo*.neun/be*.kwa.jo*.me.
so*/sa.sso*.yo
這個粉底霜是在百貨公司買的。

| **썬크림**
sso*n.keu.rim | 防曬乳 |

例句

여름에는 매일 썬크림을 발라야 해요 .
yo*.reu.me.neun/me*.il/sso*n.keu.ri.meul/
bal.la.ya/he*.yo
夏天每天都要擦防曬乳。

| **인조속눈썹**
in.jo.song.nun.sso*p | 假睫毛 |

單字

인조　人造、人工
in.jo
속눈썹　睫毛
song.nun.sso*p

향수 hyang.su	香水

例句

혹시 향수 뿌렸어요 ?
hok.ssi/hyang.su/bu.ryo*.sso*.yo
你有擦香水嗎？

매니큐어 me*.ni.kyu.o*	指甲油

相關

아세톤　卸甲液
a.se.ton
손톱깎이　指甲刀
son.top.ga.gi
손톱줄　指甲銼刀
son.top.jjul

피부관리
pi.bu.gwal.li
皮膚保養

립케어 rip.ke.o*	護唇膏

例句

날씨가 너무 건조해서 립케어를 발라요 .
nal.ssi.ga/no*.mu/go*n.jo.he*.so*/rip.ke.
o*.reul/bal.la.yo
天氣太乾燥了，所以擦護唇膏。

핸드크림 he*n.deu.keu.rim	護手霜

例句

손이 거칠어졌어요 . 핸드크림을
사야겠어요 .
so.ni/go*.chi.ro*.jo*.sso*.yo//he*n.deu.
keu.ri.meul/ssa.ya.ge.sso*.yo
手變得好粗糙。該買護手霜了。

스킨 seu.kin	化妝水

例句

스킨 한 병을 사요 .
seu.kin/han/byo*ng.eul/ssa.yo
買一瓶化妝水。

로션 ro.syo*n	乳液

相關

보습로션　保濕乳液
bo.seum.no.syo*n
미백로션　美白乳液
mi.be*ng.no.syo*n

에센스 e.sen.seu	精華液

例句

이 에센스의 효능은 뭐예요 ?
i/e.sen.seu.ui/hyo.neung.eun/mwo.ye.yo
這個精華液的效能是什麼 ?

보톡스 bo.tok.sseu	玻尿酸

相關

보톡스 주사　玻尿酸注射
bo.tok.sseu/ju.sa
보습제　保濕液
bo.seup.jje

마스크팩 ma.seu.keu.pe*k	面膜

相關

미백 마스크팩　美白面膜
mi.be*k/ma.seu.keu.pe*k
보습 마스크팩　保濕面膜
bo.seup/ma.seu.keu.pe*k

샴푸 syam.pu	洗髮精

相關

린스　潤髮乳
rin.seu
컨디셔너　護髮乳
ko*n.di.syo*.no*

| **페이셜 클렌징**
pe.i.syo*l/keul.len.jing | 洗面乳 |

相關

각질제거제 去角質
gak.jjil.je.go*.je

| **바디클렌저**
ba.di.keul.len.jo* | 沐浴乳 |

相關

비누 肥皂
bi.nu

| **화장솜**
hwa.jang.som | 化妝棉 |

例句

나는 스킨 바를때 화장솜을 사용해요.
na.neun/seu.kin/ba.reul.de*/hwa.jang.
so.meul/ssa.yong.he*.yo
我擦化妝水的時候會用化妝棉。

액세서리
e*k.sse.so*.ri
飾品

액세서리 e*k.sse.so*.ri	飾品

例句

여자들은 보통 액세서리를 좋아해요 .
yo*.ja.deu.reun/bo.tong/e*k.sse.so*.ri.
reul/jjo.a.he*.yo
女生通常喜歡飾品。

반지 ban.ji	戒指

例句

프로포즈한 후 여자친구에게 반지를
끼워 줬다 .
peu.ro.po.jeu.han/hu/yo*.ja.chin.gu.e.ge/
ban.ji.reul/gi.wo/jwot.da
求婚後，為女朋友戴上了戒指。

목걸이 mok.go*.ri	項鍊

相關

펜던트 鍊墜
pen.do*n.teu

귀걸이 gwi.go*.ri	耳環

例句

여자들은 보통 귀걸이를 해요 .
yo*.ja.deu.reun/bo.tong/gwi.go*.ri.reul/
he*.yo
女生一般會戴耳環。

넥타이핀 nek.ta.i.pin	領帶夾

單字

넥타이 領帶
nek.ta.i
핀 別針、夾子
pin

팔찌 pal.jji	手鍊

相關

발찌　腳鍊
bal.jji

보석점 bo.so*k.jjo*m	珠寶店

例句

보석점에서 파는 것들이 다 비싸요 .
bo.so*k.jjo*.me.so*/pa.neun/go*t.deu.ri/
da/bi.ssa.yo
珠寶店裡賣的東西都很貴。

다이아몬드 da.i.a.mon.deu	鑽石

例句

여자친구한테 줄 다이아몬드 반지를
사려고 해요 .
yo*.ja.chin.gu.han.te/jul/da.i.a.mon.deu/
ban.ji.reul/ssa.ryo*.go/he*.yo
我想買送給女朋友的鑽石戒指。

금 geum	金

相關

순금　純金
sun.geum

은 eun	銀

相關

순은　純銀
su.neun

옥 ok	玉

例句

옥귀걸이는 얼마예요 ?
ok.gwi.go*.ri.neun/o*l.ma.ye.yo
玉耳環多少錢 ?

헤어 액세서리
he.o*/e*k.sse.so*.ri
髮飾

헤어 밴드 he.o*/be*n.deu	髮帶

相關

헤어 슈슈 髮圈
he.o*/syu.syu

가발 ga.bal	假髮

例句

요즘 멋을 내기 위해 가발을 쓰는
사람들이 많아요 .
yo.jeum/mo*.seul/ne*.gi/wi.he*/ga.ba.reul
/sseu.neun/sa.ram.deu.ri/ma.na.yo
最近為了好看而戴假髮的人很多。

머리띠 mo*.ri.di	髮箍

相關

머리망　髮網
mo*.ri.mang

헤어핀 he.o*.pin	髮夾

相關

실핀　一字夾
sil.pin
똑딱핀　反折髮夾
dok.dak.pin

머리끈 mo*.ri.geun	髮圈

相關

리본머리끈　蝴蝶結髮圈
ri.bon.mo*.ri.geun

패션잡화
pe*.syo*n.ja.pwa
流行小物

모자 mo.ja	帽子

例句

내 동생은 저기 모자를 쓴 아이예요 .
ne*/dong.se*ng.eun/jo*.gi/mo.ja.reul/
sseun/a.i.ye.yo
我弟弟是那裡戴帽子的小孩。

장갑 jang.gap	手套

例句

너무 추워서 가방에서 장갑을 꺼내
끼었다 .
no*.mu/chu.wo.so*/ga.bang.e.so*/jang.
ga.beul/go*.ne*/gi.o*t.da
太冷了，從包包裡拿出手套戴上了。

목도리 mok.do.ri	圍巾

例句

목도리를 해야 안 추워요 .
mok.do.ri.reul/he*.ya/an/chu.wo.yo
圍圍巾才不會冷。

허리띠 ho*.ri.di	皮帶

例句

난 허리띠를 안 매면 바지가 흘러내려 .
nan/ho*.ri.di.reul/an/me*.myo*n/ba.ji.ga/
heul.lo*.ne*.ryo*
如果我不系皮帶，褲子會往下滑。

양말 yang. mal	襪子

相關

짧은 양말　短襪
jjal.beu/nyang.mal
긴 양말　長襪
gi/nyang.mal

손수건 son.su.go*n	手帕

單字

손 手
son
수건 毛巾
su.go*n

스카프 seu.ka.peu	絲巾

例句

이 스카프 색깔이 예쁘네요 .
i/seu.ka.peu/se*k.ga.ri/ye.beu.ne.yo
這條絲巾的顏色很美呢！

넥타이 nek.ta.i	領帶

例句

구두하고 넥타이 사고 싶네요 .
gu.du.ha.go/nek.ta.i/sa.go/sim.ne.yo
我想買皮鞋和領帶呢！

스타킹 seu.ta.king	絲襪

例句

나는 치마를 입으면 스타킹을 신어요 .
na.neun/chi.ma.reul/i.beu.myo*n/seu.
ta.king.eul/ssi.no*.yo
我穿裙子就會穿絲襪。

지갑 ji.gap	皮夾

例句

지갑을 잃어버린 적이 있어요 .
ji.ga.beul/i.ro*.bo*.rin/jo*.gi/i.sso*.yo
我曾經弄丟過錢包。

비옷 bi.ot	雨衣

相關

레인코트 雨衣
re.in.ko.teu
장화 雨鞋
jang.hwa

백화점
be*.kwa.jo*m
百貨公司

샘플 se*m.peul	樣品、試用包

例句

비비크림 샘플 좀 주시겠어요 ?
bi.bi.keu.rim/se*m.peul/jom/ju.si.ge.sso*.
yo
可以給我 BB 霜的試用包嗎 ?

아동의류 a.dong.ui.ryu	兒童服飾

相關

여성의류　女性服飾
yo*.so*ng.ui.ryu
남성의류　男性服飾
nam.so*ng.ui.ryu

스포츠웨어 seu.po.cheu.we.o*	體育服飾

相關

스포츠 용품　體育用品
seu.po.cheu/yong.pum

안내 데스크 an.ne*/de.seu.keu	服務台

例句

안내 데스크는 어디입니까 ?
an.ne*/de.seu.keu.neun/o*.di.im.ni.ga
請問服務台在哪裡 ?

엘리베이터 el.li.be.i.to*	電梯

例句

엘리베이터를 타고 십층에 가요 .
el.li.be.i.to*.reul/ta.go/sip.cheung.e/ga.yo
搭電梯去十樓。

에스컬레이터 e.seu.ko*l.le.i.to*	電扶梯

例句

에스컬레이터를 이용하세요 .
e.seu.ko*l.le.i.to*.reul/i.yong.ha.se.yo
請您利用電扶梯。

식품관 sik.pum.gwan	食品館

相關

식당가　餐廳區
sik.dang.ga

안내방송 an.ne*.bang.song	廣播

例句

안내방송을 이용해서 아이를 찾아요 .
an.ne*.bang.song.eul/i.yong.he*.so*/
a.i.reul/cha.ja.yo
用廣播找小孩。

인기상품 in.gi.sang.pum	人氣商品

單字

인기　人氣
in.gi
상품　商品
sang.pum

매장 me*.jang	賣場

例句

여성복 매장은 어디예요 ?
yo*.so*ng.bok/me*.jang.eun/o*.di.ye.yo
女性服飾賣場在哪裡 ?

영업시간 yo*ng.o*p.ssi.gan	營業時間

例句

영업시간이 어떻게 되죠 ?
yo*ng.o*p.ssi.ga.ni/o*.do*.ke/dwe.jyo
請問營業時間是幾點到幾點 ?

세일 기간 se.il/gi.gan	特價期間

相關

특가폼 特價品
teuk.ga.pum

가격 ga.gyo*k	價格

例句

표시된 가격대로입니까 ?
pyo.si.dwen/ga.gyo*k.de*.ro.im.ni.ga
價格和上面所標示的一樣嗎 ?

현금 hyo*n.geum	現金

例句

현금으로 사면 좀 싸게 해 주시겠습니까 ?
hyo*n.geu.meu.ro/sa.myo*n/jom/ssa.ge/
he*.ju.si.get.sseum.ni.ga
用現金買可以算便宜一點嗎 ?

신용카드 si.nyong.ka.deu	信用卡

例句

신용카드를 잃어버렸어요 .
si.nyong.ka.deu.reul/i.ro*.bo*.ryo*.sso*.yo
我信用卡弄丟了。

쿠폰 ku.pon	禮卷

例句

이 할인쿠폰은 사용할 수 있어요 ?
i/ha.rin.ku.po.neun/sa.yong.hal/ssu/i.
sso*.yo
這張折扣券可以用嗎？

서점
so*.jo*m
書局

장르 jang.neu	體裁

相關

문학　文學
mun.hak
과학　科學
gwa.hak
예술　藝術
ye.sul
생활　生活
se*ng.hwal
사회　社會
sa.hwe
현대　現代
hyo*n.de*

잡지 jap.jji	雜誌

相關

패션 잡지　時裝雜誌
pe*.syo*n/jap.jji

신문 sin.mun	報紙

例句

신문을 보면서 아침을 먹어요 .
sin.mu.neul/bo.myo*n.so*/a.chi.meul/
mo*.go*.yo
一邊看報紙，一邊吃早餐。

소설책 so.so*l.che*k	小説

例句

도서관에 가서 소설책 세 권을 빌렸다 .
do.so*.gwa.ne/ga.so*/so.so*l.che*k/se/g
wo.neul/bil.lyo*t.da
去圖書館借了三本小説。

사전 sa.jo*n	字典

相關

백과사전　百科全書
be*k.gwa.sa.jo*n

만화책 man.hwa.che*k	漫畫書

동생은 매일 만화책만 봐요 .
dong.se*ng.eun/me*.il/man.hwa.che*ng.
man/bwa.yo
弟弟每天看漫畫。

여행서 yo*.he*ng.so*	旅遊書

서울 여행서를 찾습니다 .
so*.ul/yo*.he*ng.so*.reul/chat.sseum.
ni.da
我在找首爾的旅遊書。

출판사 chul.pan.sa	出版社

출판권 出版權
chul.pan.gwon

작가 jak.ga	作家

相關

저자　著者
jo*.ja
역자　譯者
yo*k.jja

표지 pyo.ji	封面

相關

목록　目錄
mong.nok
본문　本文
bon.mun
찾아보기　索引
cha.ja.bo.gi
페이지　頁碼
pe.i.ji

옷가게
ot.ga.ge
服飾店

옷 ot	衣服

相關
의복 衣服 ui.bok 복식 服飾 bok.ssik

치마 chi.ma	裙子

相關
주름치마 百褶裙 ju.reum.chi.ma 원피스 連身洋裝 won.pi.seu 미니스커트 迷你裙 mi.ni.seu.ko*.teu 긴치마 長裙 gin.chi.ma 짧은치마 短裙 jjal.beun.chi.ma

임신복 im.sin.bok	孕婦裝

相關

임부복 孕婦裝
im.bu.bok
유아복 幼兒服
yu.a.bok

셔츠 syo*.cheu	襯衫

相關

와이셔츠 白襯衫
wa.i.syo*.cheu
체크무늬 셔츠 格紋襯衫
che.keu.mu.ni/syo*.cheu
폴로셔츠 POLO 衫
pol.lo.syo*.cheu

스웨터 seu.we.to*	毛衣

相關

카디건 羊毛衣
ka.di.go*n

티셔츠 ti.syo*.cheu	T 恤

例句

티셔츠는 좀 커요 .
ti.syo*.cheu.neun/jom/ko*.yo
T 恤有點大。

외투 we.tu	外套

相關

코트　大衣外套
ko.teu

커플룩 ko*.peul.luk	情侶裝

相關

커플티　情侶 T 恤
ko*.peul.ti
커플링　情侶戒指
ko*.peul.ling

바지 ba.ji	褲子

相關

반바지　短褲
ban.ba.ji
긴바지　長褲
gin.ba.ji
청바지　牛仔褲
cho*ng.ba.ji

속옷 so.got	內衣

相關

브래지어　胸罩
beu.re*.ji.o*

팬티 pe*n.ti	內褲

相關

사각팬티　四角內褲
sa.gak.pe*n.ti
삼각팬티　三角內褲
sam.gak.pe*n.ti

잠옷 ja.mot	睡衣

相關

잠을 자다　睡覺
ja.meul/jja.da

다이어트속옷 da.i.o*.teu.so.got	塑身衣

單字

다이어트　減肥
da.i.o*.teu
속옷　內衣
so.got

사이즈 sa.i.jeu	尺寸

例句

다른 사이즈를 주세요 .
da.reun/sa.i.jeu.reul/jju.se.yo
請給我別的尺寸。

스타일 seu.ta.il	款式

例句

어떤 스타일의 신발을 찾고 계십니까 ?
o*.do*n/seu.ta.i.rui/sin.ba.reul/chat.go/
gye.sim.ni.ga
您在找什麼樣式的鞋子 ?

문양 mu.nyang	花樣、花紋

例句

문양이 마음에 안 들어요 .
mu.nyang.i/ma.eu.me/an/deu.ro*.yo
花紋我不喜歡。

민소매 min.so.me*	無袖

相關

반팔 短袖
ban.pal
긴팔 長袖
gin.pal

길이 gi.ri	長度

相關

가슴둘레　胸圍
ga.seum.dul.le
허리둘레　腰圍
ho*.ri.dul.le
엉덩이둘레　臀圍
o*ng.do*ng.i.dul.le

크기 keu.gi	大小

例句

크기가 적당합니다 .
keu.gi.ga/jo*k.dang.ham.ni.da
大小適中。

옷감 ot.gam	衣料

相關

면 棉
myo*n

나일론 尼龍
na.il.lon

아마포 亞麻布
a.ma.po

울 羊毛料
ul

가죽 皮革
ga.juk

실크 絲
sil.keu

신발가게
sin.bal.ga.ge
鞋店

신발 sin.bal	鞋子
例句	
이 신발은 어떻습니까 ? i/sin.ba.reun/o*.do*.sseum.ni.ga 這雙鞋子怎麼樣？	

슬리퍼 seul.li.po*	拖鞋

相關

샌들 涼鞋
se*n.deul
부츠 靴子
bu.cheu

구두 gu.du	皮鞋

例句

저 구두가 얼마죠 ?
jo*/gu.du.ga/o*l.ma.jyo
那雙皮鞋多少錢 ?

하이힐 ha.i.hil	高跟鞋

例句

이 하이힐도 예뻐요 . 한번 신어
보실래요 ?
i/ha.i.hil.do/ye.bo*.yo//han.bo*n/si.no*/
bo.sil.le*.yo
這高跟鞋也很漂亮，要試穿看看嗎 ?

구두끈 gu.du.geun	鞋帶

例句

구두끈 묶는 법 좀 가르쳐 주세요 .
gu.du.geun/mung.neun/bo*p/jom/ga.reu.
cho*/ju.se.yo
請教我怎麼綁鞋帶。

안경가게
an.gyo*ng.ga.ge
眼鏡店

안경 an.gyo*ng	眼鏡

例句

안경을 벗어요 .
an.gyo*ng.eul/bo*.so*.yo
拿掉眼鏡。

컬러렌즈 ko*l.lo*.ren.jeu	變色片

相關

콘택트렌즈　隱形眼鏡
kon.te*k.teu.ren.jeu
소프트렌즈　軟性隱形眼鏡
so.peu.teu.ren.jeu
하드렌즈　硬性隱形眼鏡
ha.deu.ren.jeu

선글라스 so*n.geul.la.seu	太陽眼鏡

例句

선글라스를 써요 .
so*n.geul.la.seu.reul/sso*.yo
戴太陽眼鏡。

안경렌즈 an.gyo*ng.nen.jeu	鏡片

相關

안경테 鏡架
an.gyo*ng.te
안경집 眼鏡盒
an.gyo*ng.jip

보존액 bo.jo.ne*k	保存護理液

相關

세척액 清洗液
se.cho*.ge*k
식염수 食鹽水
si.gyo*m.su

기념품
gi.nyo*m.pum
紀念品

기념품 gi.nyo*m.pum	紀念品

相關

기념 우표 紀念郵票
gi.nyo*m/u.pyo
기념 티셔츠 紀念 T 恤
gi.nyo*m/ti.syo*.cheu

장식품 jang.sik.pum	裝飾品

相關

한복 인형 韓服娃娃
han.bok/in.hyo*ng
접시 盤子
jo*p.ssi
쟁반 托盤
je*ng.ban
액자 相框
e*k.jja
도자기 陶瓷
do.ja.gi

열쇠 고리 yo*l.swe/go.ri	鑰匙圈

單字

열쇠 鑰匙
yo*l.swe
고리 圈、環
go.ri

엽서 yo*p.sso*	明信片

例句

엽서를 우체통 안에 넣었다 .
yo*p.sso*.reul/u.che.tong/a.ne/no*.o*t.da
把明信片投入郵筒。

도장 do.jang	印章

例句

여기에 도장 좀 찍어 주세요 .
yo*.gi.e/do.jang/jom/jji.go*/ju.se.yo
請在這裡蓋章。

책갈피 che*k.gal.pi	書籤

例句

책에 책갈피를 꽂아요 .
che*.ge/che*k.gal.pi.reul/go.ja.yo
在書裡面夾書籤。

핸드폰줄 he*n.deu.pon.jul	手機吊飾

單字

핸드폰　手機
he*n.deu.pon
줄　繩子、線
jul

특산물가게
teuk.ssan.mul.ga.ge
特產店

김치 gim.chi	泡菜

相關

깍두기 蘿蔔塊泡菜
gak.du.gi
총각김치 小蘿蔔泡菜
chong.gak.gim.chi
열무김치 蘿蔔葉泡菜
yo*l.mu.gim.chi

인삼 in.sam	人參

相關

고려홍삼액 高麗紅參液
go.ryo*.hong.sa.me*k
인삼사탕 人參糖
in.sam.sa.tang

유자차 yu.ja.cha	柚子茶

例句

유자차 한 병에 얼마예요 ?
yu.ja.cha/han/byo*ng.e/o*l.ma.ye.yo
柚子茶一瓶多少錢 ?

김 gim	海苔

例句

김하고 유자차를 사고 싶어요 .
gim.ha.go/yu.ja.cha.reul/ssa.go/si.po*.yo
我想買海苔和柚子茶。

초콜릿 cho.kol.lit	巧克力

相關

감귤초콜릿 橘子巧克力
gam.gyul.cho.kol.lit
김초콜릿 海苔巧克力
gim.cho.kol.lit

통조림 tong.jo.rim	罐頭

相關

과일통조림 水果罐頭
gwa.il.tong.jo.rim
햄통조림 火腿罐頭
he*m.tong.jo.rim

전통주 jo*n.tong.ju	傳統酒

相關

막걸리 米酒
mak.go*l.li

편의점
pyo*.nui.jo*m
便利商店

편의점 pyo*.nui.jo*m	便利商店
相關	
세븐 일레븐　7-ELEVEN se.beun/il.le.beun 훼미리마트　全家便利商店 hwe.mi.ri.ma.teu	

아르바이트생 a.reu.ba.i.teu.se*ng	工讀生、打工生
例句	
그 아르바이트생은 친절하고 착합니다 . geu/a.reu.ba.i.teu.se*ng.eun/chin.jo*l. ha.go/cha.kam.ni.da 那個工讀生既親切又善良。	

담배 dam.be*	香菸

例句

담배 한 갑 주세요 .
dam.be*/han/gap/ju.se.yo
請給我一包香菸。

음료수 eum.nyo.su	飲料

例句

이 음료수 안에는 뭐가 들어 있나요 ?
i/eum.nyo.su/a.ne.neun/mwo.ga/deu.ro*/
in.na.yo
這個飲料裡面含有什麼成分？

과자 gwa.ja	餅乾

例句

이것은 무슨 과자예요 ?
i.go*.seun/mu.seun/gwa.ja.ye.yo
這個是什麼餅乾？

계산대 gye.san.de*	收銀台

금전 등록기　收銀機
geum.jo*n/deung.nok.gi

24 시간 i.sip.ssa.si.gan	24 小時

例句

저희 가게는 이십사 시간입니다 .
jo*.hi/ga.ge.neun/i.sip.ssa.si.ga.nim.ni.da
我們的商店是 24 小時營業。

영업 중 yo*ng.o*p/jung	營業中

例句

지금은 영업 중입니다 .
ji.geu.meun/yo*ng.o*p/jung.im.ni.da
現在正營業中。

마트
ma.teu
超市

마트 ma.teu	超市
相關 슈퍼마켓　超市 syu.po*.ma.ket 시장　市場 si.jang	

냉동식품 ne*ng.dong.sik.pum	冷凍食品
相關 제조날짜　制造日期 je.jo.nal.jja 유효기간　有效期限 yu.hyo.gi.gan	

육류 yung.nyu	肉類

相關

고기　肉
go.gi

야채 ya.che*	蔬菜

相關

채소　蔬菜
che*.so
야채볶음　炒青菜
ya.che*.bo.geum

향신료 hyang.sil.lyo	辛香料

相關

간장　醬油
gan.jang
고추장　辣椒醬
go.chu.jang
통조림　罐頭
tong.jo.rim

휴지 hyu.ji	衛生紙

例句

휴지를 좀 가져다 주세요 .
hyu.ji.reul/jjom/ga.jo*.da/ju.se.yo
請拿衛生紙給我。

우산 u.san	雨傘

例句

우산 좀 빌려 주세요 .
u.san/jom/bil.lyo*/ju.se.yo
請借我雨傘。

종이상자 jong.i.sang.ja	紙箱

單字

종이 紙
jong.i
상자 箱子
sang.ja

일용품 i.ryong.pum	日用品

相關

생활용품 生活用品
se*ng.hwa.ryong.pum

라면 ra.myo*n	泡麵

相關

신라면 辛拉麵
sil.la.myo*n
짜장면 雜醬麵
jja.jang.myo*n

캔디 ke*n.di	糖果

相關

간식 零食
gan.sik

國家圖書館出版品預行編目資料

旅遊韓語萬用手冊 / 雅典韓研所企編.
-- 初版 -- 新北市：雅典文化，民103. 11
面；　公分. --（生活韓語；6）
ISBN 978-986-5753-25-2（平裝附光碟片）
1. 韓語 2. 旅遊 3. 會話

803. 288　　　　　　　　　　103018449

生活韓語系列 06

旅遊韓語萬用手冊

企編／雅典韓研所
責任編輯／呂欣穎
美術編輯／蕭若辰
封面設計／劉逸芹

法律顧問：方圓法律事務所／涂成樞律師

總經銷：永續圖書有限公司
永續圖書線上購物網
www.foreverbooks.com.tw

CVS代理／美璟文化有限公司
TEL：（02）2723-9968
FAX：（02）2723-9668

出版日／2014年11月

雅典文化

出版社　22103　新北市汐止區大同路三段194號9樓之1
TEL　（02）8647-3663
FAX　（02）8647-3660

旅遊韓語萬用手冊

雅致風靡 典藏文化

親愛的顧客您好,感謝您購買這本書。即日起,填寫讀者回函卡寄回至
本公司,我們每月將抽出一百名回函讀者,寄出精美禮物並享有生日當
月購書優惠!想知道更多更即時的消息,歡迎加入"永續圖書粉絲團"
您也可以選擇傳真、掃描或用本公司準備的免郵回函寄回,謝謝。

傳真電話:(02) 8647-3660　　　電子信箱:yungjiuh@ms45.hinet.net

姓名:		性別:	□男　□女
出生日期:　年　　月　　日　電話:			
學歷:		職業:	
E-mail:			
地址:□□□			
從何處購買此書:		購買金額:　　　　元	
購買本書動機:□封面 □書名□排版 □內容 □作者 □偶然衝動			

你對本書的意見:
內容:□滿意□尚可□待改進　編輯:□滿意□尚可□待改進
封面:□滿意□尚可□待改進　定價:□滿意□尚可□待改進

其他建議:

總經銷：永續圖書有限公司

永續圖書線上購物網
www.foreverbooks.com.tw

您可以使用以下方式將回函寄回。

您的回覆，是我們進步的最大動力，謝謝。

① 使用本公司準備的免郵回函寄回。

② 傳真電話：（02）8647-3660

③ 掃描圖檔寄到電子信箱：

yungjiuh@ms45.hinet.net

221-03

 雅典文化事業有限公司　收
新北市汐止區大同路三段194號9樓之1

雅致風靡　典藏文化